南方六帖

王美霞的
裡台南
生命書寫

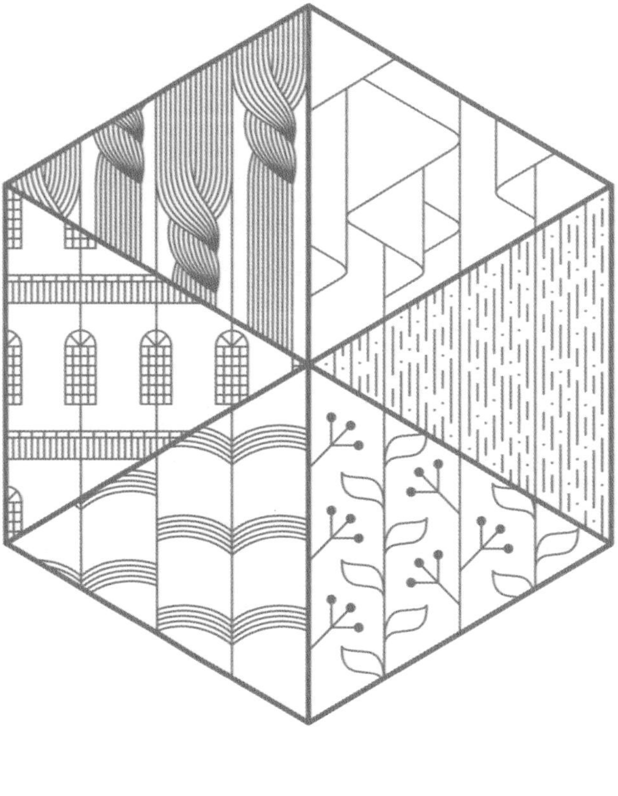

美霞老師寫出在台南認真生活的人，他們從天光到暗暝，在生活中感動、在現實中努力，並且在溫暖中有情有愛，每個故事都值得一讀再讀。

——**陳宗彥**（台南市民政局長）

美霞老師以她細膩而充滿感情的文筆，書寫職人精神的可貴，這些在城市裡默默耕耘的英雄，是勞工精神的典範，值得我們學習，也但願透過閱讀這一本書，找回「行行出狀元」的尊重與感動。

——**王鑫基**（台南市勞工局長）

城市裡認真敬業的職人，展現素樸美好的生活態度，透過美霞老師細膩的書寫，讓這些生活的哲學家成為最好的生命教育。

——**陳修平**（台南市教育局長）

織錦作衣裙，佳木磨匠心。樓裡閱卷品茗，城南舊事酩酊。
古都職人青絲作雪，美霞老師成書六帖。
當文化與認真的生命相遇，便成就了台南最美好的風景。

——**葉澤山**（台南市文化局長）

敬重職人的力量

繼《台南的樣子》、《台南過生活》之後，以文化志工為職志的王美霞老師，用溫潤的筆觸，將再次引領讀者深刻體會，使台南這座城市飽足文化能量與生命的職人力量。

王美霞老師自教育工作退休後，熱情參與台南的文化活動，並且書寫台南。透過她的觀察與文字敘述，讓我們看見台南這塊土地上，許多努力的人，他們日日夜夜，歲歲年年以敬慎的態度勤勉的生活著。這一本書裡，描繪在台南許多小角落默默耕耘，堅持理念的職人，無論是木作職人、髮藝師、裁縫師、茶人，或是小書店的老闆，他們都是城市裡的微光，並且認真生活，分享喜悅，讓台南自古以來的價值與意義得以傳承。

生活與文化是社會的根本，懷抱對老文化的珍惜，職人精神的傳承與發揚，這個都市才能在「古色依舊在，望向好未來」的薪火相傳中，源源不絕地發展下去。即使在競爭洪流的衝擊下，無論是國際化、或者是科技無國界的浪潮裡，早一代人的處世哲學與價值仍然是我們安身立命的精神；長期以來，台南的文化精髓常神隱在狹小、極有風味的古老巷弄內，但願藉這本書讓讀者發現職人精神的可貴，並且見證他們勇於承擔、一生一作，朝向陽光邁進的生活態度。

台南市長

賴清德

回家種樹和曬太陽

小野

最近這些年我常常往台南跑，有時候是因為工作，有時候只是想去曬曬島國南方的太陽。

我的工作中又以推廣千里步道的概念為多，所以我會常常南下陪著台南的朋友們沿著嘉南大圳種各式各樣的樹，包括本土的樹種苦楝。台南市政府也以這樣的概念以公部門的力量推動從台江內海出發，一路延伸到烏山頭水庫的四十六公里步道。之後便要形成台南的中央公園綠帶，我每個月都會收到來自台南市政府每個部門的工作報告。朋友笑說，你怎麼比台南人還關心台南？我回答說，我很樂意參加重新整理、建設大台南的工作，因為整理大台南就是整理台灣，因為台南正是台灣歷史的起點，也是千里步道的起點。從起點出發，才不會失去了方向。

過了北回歸線以南後的太陽就是和北部的不一樣，同樣的樹不但花開得比北部早，連枝幹的姿勢都不一樣。就拿小葉欖仁來說吧，台南的小葉欖仁的樹枝都是呈現勝利的V字型，因為它們被熱情的陽光召喚著，於是伸出了雙手迎向陽光。北部的小葉欖仁的枝葉保持著水平，對於陰霾的天氣表達了一種無奈。最近接觸到一位日本新世代的建築師末光弘和，他認為所有建築物都應該視為大自然循環的一部分，他就提出太陽是他所有設計的核心思考。他在他的理論中提出：「在地軸傾斜的地球上，因太陽能而發生的事情，產生能源群落，而導致風或水的對流等各式各樣的自然循環因此而生。」

人類的文明或文化的發展，總是會順應著他們所在的大自然環境或外來的人為因素而累積。有一次我去台南參加新書發表會，正好遇了一場大雨。來台南經營書店的老闆便向我分析台南人的生活習慣，他說因為台南天氣很熱，台南人的生活節奏比較緩慢，他們並不急切地要趕去哪裡湊熱鬧，他們很能在自己的生活圈中尋找快樂，感受幸福，而所謂的文化底蘊便是這樣慢慢形成的，這些深厚的文化底蘊不會輕易被外來的各式潮流沖淡，反而會慢慢影響著附近的城市。這些年有關台南的小吃、美食或是建築的書越來越多，大家每隔一段時間去台南好好吃遍大街小巷的風氣也很盛。但是，總覺得還少了些什麼。直到我看見了這本書，王美霞的《南方六帖》。

這本書便是在「整理」台南最深厚、沉穩的文化底蘊，就像是我們一行人花了九年時間在尋找千里步道時，在台南找到了一切的源頭一樣，令我非常激動。這本書用了六個章節來描述台南人的文化，每個章節都用了一個字來解釋。於是我們見到了形容台南文化的六個關鍵字：髮、衣、木、茶、書、樓。她在每個篇章中不止追尋的是傳統，她花更多篇幅在描述當下的台南，此時此刻的台南，現在進行式的台南，有那麼多的台南人正在延續著一種光榮的傳統和彌足珍貴的文化，這些文化沒有因為政權的更迭和強勢文化的入侵而有所改變，反而像海綿一般吸取了各式各樣外來的文化而豐富、壯大了自身的文化，進而影響著整個台灣。

我在閱讀的過程中，不斷地想到自己出生和成長的台北艋舺南方的加蚋仔，在那些巷巷弄弄中，我嗅到了一種來自南台灣的陽光所蘊育出來的文化。許多年之後，我才恍然大悟，作為一個移民之城的首都台北，在加蚋仔這個地方其實住了非常多由南部北上討生活的「下港人」，他們的身上散發著來自南方熱情的陽光，他們的衣著打扮，他們的飲食習慣，他們打造的生活空間，他們經營的各式各樣的小生意，他們的南部腔閩南語，這些文化深深影響了我這個屬於異鄉人的下一代。我穿梭在那些巷巷弄弄中，操著在學校學習來的南部腔閩南語，漸漸地融入了同學們的家庭，那些來自南部的家長們竟然以為我也是來自南部的小孩。

原來如此。我終於明白，像我這樣一個來自異鄉人家庭被稱為外省人的小孩，為什麼到了台南就像回到了母親溫暖的懷抱。充滿渴望地嗅著母親的髮香，觸摸著母親的衣角，玩著熟悉的木製桌椅和雕塑，喝著母親為我沖泡的茶水，翻開母親正在閱讀的書籍，流連忘返在母親生活過的古樓中。這些物件都散發著只有北回歸線以南才有的陽光。二十五年前我和一群年輕的朋友拍攝一部長達二百分鐘的紀錄片《尋找台灣生命力》，不知道為什麼我們在收集資料和拍攝的過程中只在回溯歷史時談到了台南，但是沒有深入到現代的台南。這部紀錄片分四次在電視頻道播出後引起極大的討論，其中有一位重量級的女權鬥士還寫了一篇長文表達了她的觀點，她用了「近鄉情怯」來作為她的核心看法。她認為我們這群年輕人用了很大的力氣在尋找台灣的生命力，從歷史、生態、經濟、文化各個面向切入，為什麼總讓人有一種「近鄉情怯」的疏離和陌生？是因為沒有勇氣承認那是自己的家嗎？

事後想起來，也許真正的原因是我們的紀錄片中少了台南，這個深深影響台灣的城市，她的衣，她的髮，她的木，她的茶，她的書，她的樓。二十五年後，我們長大了，不再近鄉情怯了。我們快樂地走進家裡，大聲地叫了一聲：「媽，我回來了。」是的，就是這樣的感覺，讓我一次又一次地回家種樹，回家曬太陽。

萬般難捨

王美霞

入冬時，覺非法師來信說：「鐵冬青紅了，在這個季節邀請你來普賢院。」那是一個晴好的下午，在禮佛的二樓大殿，近覷鐵冬青，高聳入雲的軀幹勁直挺立，一樹一樹站成綠意，陽光篩過綠葉，紅色的結子特別鮮豔，彷彿粒粒都是晶瑩的熱血。庭院寂寂，風搖微微，緩步逡巡間，想起「木末芙蓉花，山中發紅萼。澗戶寂無人，紛紛開且落」的詩句，覺得世間許多生息，如此美好地存在於安靜一隅，卻又十分用力地綻放豔豔生命力，一如那鐵冬青的紅與熱力，普賢院紅了的鐵冬青像我書中所書寫的市井常民，安靜、有力量，令人尊敬。覺非法師說：「栽種好幾年，這鐵冬青都無聲無息，沒想到一夕結成的果子，如此美好。」

《南方六帖》完稿，我又去了一趟普賢院，那時，只是和師父喝茶，且覺得自適心安。師父知我撰稿是使命感所趨，所以微笑聆聽我談書中人物的因緣相遇，而且歡喜我寫完這本書、放下這本書。

普賢院，那一方柴扉掩蔽的院落，邀我時時前去，緣於聽了覺非法師的故事。法師還是俗家時，應是靈慧的女子，彼時，決意要出家了，便回家與母親同住許多時日，然後，靜靜地告別母親。在送別的車站，她無法言明出家的心意，只能在慈母轉身離去時，跪地拜別塵俗因緣，緣於有愛，萬般難捨。火車一路來到高雄，上山跟隨師父後，她到一家不知名的寫真館拍下身著袈裟的留影，照片中的她不再是長髮披肩的容顏。法師後來將這張照片寄回家去。許久之後，母親來尋，慈愛的母親沒有眼淚、沒有責怪，只是不捨師父決意斷髮走入佛門的抉擇，偉大的母親慈心總是成全。

法師時常告訴我：「人生縱有萬般難捨，但因緣如此，就隨緣而去吧。」

書寫《南方六帖》是我文字表述的一個轉折，因為在這本書中，我寫入更多生命中的「不捨」，這些不捨，來自於許多因緣的成就，使得我認識生活的城市裡那些孜孜矻矻、本分樸素生活的人，在許久的觀察與接觸中，我看見無論是髮作人、衣作人、木作人、茶作人或是一間小小書店的老闆，他們都以自己生活的哲學，有一分力、做一分事，而且安然自得，他們是城市裡安安靜靜的力量。因為書寫他們，讓我在字裡行間也不斷對自己生命回頭，於是，屬於母親的記憶、家族的記憶，以及過往生活中曾經綻放的花朵，竟就一一顯現了。這一本書不僅是寫他人，更是書寫「我」的故事，文字落筆時我觀看生命的感動，濃濃淡淡裝幀成帖，一帖一帖都能照見過往生命中令我難忘的身影，尤其是我的母親。

人生萬般難捨，都是拂之不去的因緣，願以此書分享給曾經被愛，或者曾經愛過的，你們、我們。

目錄

茶

書

樓

髮

髮，是抒情的，
髮，也是靜默的祕密。

二〇〇九年曾有一次講座，主題是「無伴奏交響曲」，介紹優秀詩人孫維民老師，他的詩用字簡單、明快，詩境寬度十足，意韻極深，我尤其記得他那首關於髮的詩〈祕密的收藏〉：

多年前的一小束頭髮
不知道死了
還是活著
既不長長
也未腐爛

二〇〇一年，在布拉格親炙慕夏的作品，畫面中繁複華麗的矯飾風格，引我駐足良久，喜歡慕夏，從那時開始。慕夏的女人，總是修整秀麗，凝視的眼眸、緊閉的雙唇，女人的心思有跡可尋嗎？構圖裡迷人的髮線千絲萬縷，每一縷髮絲，彷彿訴說一款深情脈脈，又好像寫著庭院深深深幾許的幽微心境。

「妾髮初覆額，折花門前劇」，想女子，從那初識人情的青澀，到及笄長成，以至朝如青絲暮成雪，明鏡髮白之前，多少世間依戀，髮都寫盡了吧。

幾年前去看京都桂離宮，那是一座回遊式的日式庭園，充滿文人氣息，依水取勢、就地取材，不采不椽，卻說得繁華落盡見真淳的美麗，懂得看桂離宮的人就會一步一回頭，向後看才是風景。踏步其中，我在每一次的回首中檢視園林美景如許！

為什麼要回頭？原來回頭，才有記憶！關於髮的故事，便是一次次回首來時路的生命檢視。

留得髮絲護稚子

髮與宿命

對於頭髮的記憶，我是從母親開始的。母親年輕時，有長髮披肩，一如黑瀑，攏著少女的夢。後來，那縷黑瀑，乾涸了，她甚少提及年輕，我只從那發黃的相片中看見少女的她的幸福。

發黃的老相片裡，母親還是少女，烏雲般的髮絲，肩頭披垂。微笑上揚的鳳眼稍，覺察不出一絲爾後的苦難與淚水，凝視這樣美麗青春的母親，難免憶及母親晚年時痀僂重負的背影，風樹之悲，油然而生。

從小，黃毛扎扎的亂髮，使我在成長中，承載著並不討喜也不美麗的訊號。母親的頭髮和我一樣稀疏而細，她常摸著我的髮說：「髮絲細軟的女人，命好。」母親是善意的謊言家，她悲苦一生，頭髮沒帶來好運，只落得良人辜負一生。但是，母親的鼓勵，讓我也有一絲樂觀去面對人生。記憶中有一首歌：「總心煩我和你常磨擦的情感，像風中理不清、被吹亂的髮／總是由著你改變自己的模樣／長髮也好／短髮也好／你喜歡就好。」那是女人的愛，母親到底為良人髮長幾次？我無由得知。我只知她一生中曾絕塵斷念幾回，但親子的愛，終究將她一一喚回紅塵，在艱難俗世裡，勇敢走完一生。

黃橙橙的油麻菜籽花田

記憶中那一年，我仍稚齡，萬念俱灰的母親幾乎在寺廟裡落髮，外婆聞訊，驅策我們去廟裡央求母親回轉心意，「女人落了髮，斷了念，幼子可憐啊！」外婆如是說。

寺廟在內新庄，名喚知覺院，大姊牽著我尋步找去。靜僻的幽深山麓，蜿蜒的小路漫長沒有盡頭，害怕失去母親的悲傷，讓五歲的我，一路走得哭哭啼啼，大姊拉著我，加快腳步，她一向是急性子，而我一直都讓她覺得累贅，所以，當時的我被拖著、抱怨著，且哭啞了聲音趕路，那是冬天，我哭得涕泗橫流，一臉冰冷花樣。

在台中，冬天的田野休耕之後，常是栽種著油麻菜籽花，一畦又一畦的油麻菜籽花田，閃耀著梵谷眼中麥田一般的燦黃，彷彿永遠走不完的黃色迷宮，我們穿過一片又一片的田野，而母親在哪裡呢？

母親一身墨藍素衣，跪地即將落髮之時，庵裡師父看著哭哭啼啼的我們，放下已為母親備好的袈裟，說：「塵緣未了，回家吧。」

黃昏的田埂路上，母親安靜地牽著我們的手，一步步沿著土石路，走回家。年幼的我，無法體會母親當時的心情，直至後來我才明白，此去成長的路上艱難的歲月早已為我們等待，家業起高樓，家業樓塌了，離散的親人，傾壺絕餘瀝的困窘境遇，都考驗著我們的生命韌力。母親在屢經苦難絕望的谷底，卻沒有拋棄我們，甚且為守護我們拚命求活的決心，是在那一年回家的路上就已經承諾了。

天上最早升起的一顆星

慢慢地回家路，那時，傍晚的原野闃無人聲，一、兩隻宿鳥慢慢地遨翔歸棲，我們又循著那一片油痲菜籽花田走回去，漸漸，天色已頹，黃昏的光嵐，軟軟地照在黃澄澄的一片花田上，風中，一朵朵的花影搖阿搖，搖得好像一片笑嘻嘻的容顏，我又墜入那一片走不出去的黃色地圖了，但是，這一次，恁憑路有多長，我不再啼哭，母親牽著我的手，有手心的溫度與安然，我篤定母親不會再離開。油痲菜籽花從此成為我一生中最溫暖的記憶，溫暖的黃色圖騰，是那一份堅信永不被拋棄的記憶。

記得那天走到車站時，已過黃昏，天暗陰翳，月亮尚未升起，等待的公車，許久未來，母親牽著我的手，指向天邊說：「當天上第一顆星升起時，你許個願望吧，它都會實現的。」

我虔誠許了願望。母親問：「你許了什麼心願？」

我說：「我要上大學，讀很多書……」

母親聽了，緩緩低下頭很傷感地說：「我們這種人家……很辛苦的……你要加油。」

我知道，母親的擔心是因為在那個年代裡，窮苦人家的孩子沒有享受豪邁願望的奢侈權利。但是，我一直相信母親那天說的：「只要願望誠懇，就一定可以實現。」念念不忘，必有迴響！那一閃一閃亮晶晶的星子，就像母親給予的力量，在人生路上強壯我的步履，因為那是母親的信仰。自此之後，即使在國、高中時期，家道困頓，即使在上大學時，拚命去工廠當女工賺學費，我都無怨無悔為前途掙力，因為母親讓我知道：星星永遠會閃亮，我就帶著星子的希望走下去。

之後，我時常與母親說起小時候那段油麻菜花田的路，母親聽完後，總是幽幽地說：「啊，那時沒有落髮，是想到可憐的幼稚子女呢……」

女人哪！斷了髮，便是斷了念，我十分感恩母親為了這份愛，留了一份塵世的恩情給我。

離開家鄉，負笈北上，從台北任教、轉至台南定居，悠悠忽忽的歲月幾十年過了，人事難免滄海桑田，但髮的記憶卻在一一揀點行囊時，越發深刻了。

靈石客棧梳髮的女子

任教國文，唐代傳奇小說「虯髯客」是我喜愛講授、學生也聽得津津有味的一堂，我所教的台南女中女孩，青春二八，明亮活潑，我常對著講桌下那些靈透的眼眸說：「女人哪！一梳頭，天下就要顛覆了！」這個驚嘆句，把驚奇的女孩們帶到穿越時空的靈石客棧，紅拂長髮一梳，那豪情萬丈的男子，倚枕攲臥，唐代的天下定了！

髮，是多元抒情的，李白說「人生在世不如意，明朝散髮弄扁舟」，髮是詩人，「結髮為夫妻，恩愛兩不渝」，髮是愛情，「夜來幽夢忽還鄉，小軒窗，正梳妝」。髮是年年惆悵。髮，也是年輕與老成的對抗，當時在髮禁年代年輕的我們誰不曾為了那耳上一、兩公分的髮線與教官一較短長呢？後來，我當了學務主任，學生依然拿頭髮和教官互槓，鬧得一把眼淚一把鼻涕的時候，瞋怪師長不懂年輕！

唉，髮啊，寫盡人生百態。

府城專寵的復古髮式

來到台南多年，入境隨俗，日日拎著一手菜籃，騎著奮猛摩托車上街逛市場，穿梭菜販間，常見諸多台南歐巴桑頂著一頭 Se Do 的鍋蓋頭買菜。起初，有時光倒流半世紀的錯覺，之後，見怪不怪，好像那復古式的包頭已經成為台南日常生活不可或缺的地景特色，至此我方有另一層次的悟透：髮，是老台南生活的證據啊！

喜歡「裡台南」樂趣的人，逛東市場是必要之行程。東市場裡，有一間賣油飯、芋粿的傳統老店，老闆是年過七旬的阿粉姨，阿粉姨熱愛工作，市場是她活動半世紀的場域，什麼時候開始阿粉姨就梳著日式的包頭過日子？年代已不可考。但是，可確定的是她的包頭不僅帶給人如假包換的品牌安心，更是許多外地來的饕家問訊的商標。久而久之，這包頭的款式，變成「很台南」的記號。

據文獻記錄，台南林百貨當年是全台最潮的銀座，百貨公司裡，不僅販賣華洋百貨，二樓，還開設美容美髮部。二〇一四年六月十四日「林百貨再開幕」，曾邀請三位台南女中年近九十歲的老校友與會，當日，三位老學姊陳寶嬌、張玉琴、郭如霞早早便來就座，我站在台上主持開幕活動，看台下三位老學姊梳著一式的包頭，滿佈縐紋的臉上泛著驕傲的光采，她們的包頭，是那個年代曾經領導流行的表徵，和阿粉姨一樣，見證一種時代風華。

若問，現今還有梳這種古董式的包頭師傅嗎？台南，肯定是有的，然而，這些

老一輩的口中記憶，當年最厲害的師傅是：白菊。白菊是誰呢？像一團謎，在中正路的街屋創造美髮美容的奇蹟，然後，只剩一幢樓房店面，在中正路上「歐美百貨」現址，現今新式招牌掩去身段，偶爾透一點邊框，可以窺見那巴洛克式的富麗樓面，並遙想那鶯燕穿梭，髮式曼妙的年代。

然而，白菊其人，已不可考。

毛飛電髮店

富美阿嬤的勇氣

從歐美百貨行轉入一〇八巷，幾步之遙，毛飛電髮院的招牌正以斑駁的脫漆說明歷史久遠的證據。最早對毛飛電髮院的印象是店面的對聯很出色：「毛飛秀髮神飄逸、美容嬌滴展歡顏」，橫批「春風舒眉多淑氣」，這正是台南店家的氣質，店不在大，有詩則靈，人不求有名，有內涵最實在。

毛飛電髮院的阿嬤吳富美今年七十二歲，原是高雄鹽埕人，少女時代看自家姊妹在美容院工作，來來去去都是美美的水姑娘，愛美的她便決定從事美髮業，在高雄花了五百元求師學藝，五十二年前，一般人的薪水不過幾塊錢，五百元真是一筆大數目！可見下這個決心是很有勇氣的。學成之後，富美阿嬤和朋友在高雄大港埔短暫開業，之後，聽同業談起台南是流行時髦的所在，台南的髮式好、也時鮮，技法一流，尤其是當時流行的「逆梳」，只有台南師傅會教，所以，便下了決心和好朋友一起來學藝。

我問阿嬤：「台南敢有親戚可以依靠？」阿媽說：「那時年輕，一身都是膽，哪有想這麼多！」她在現今保安市場門口的街上當美髮師傅，後又轉到中正路美華美容院，最後在「神經沈」美髮老闆店裡擔任師傅。人稱「神經沈」的老闆雖有一身好功夫，但好賭成性，時常整夜溺賭，到天亮時，客人進門了，老闆起不來，就把吹整的重責交給富美阿嬤，久而久之，臨場經驗累積多了，自然就成為王牌美髮師了。富美阿嬤說，在那個年代，老師傅並無完整系列的教學，作為徒弟，只能站著看、偷偷學，所以，現今想來，人稱「神經沈」的老闆，讓她有拿「大吹」（吹風機）的機會，還真是她人生中的貴人。只是，一賭敗千家，他早已不知所蹤了。

店名是頭毛會飛

三十一歲那年，她在現址開設美髮院，開店之初，為了店名尋思好久，阿嬤說：「那時想店名，想到頭殼都要破掉了，也想不出好名字！」直到有一天，大家腦力激盪閒聊時，互問彼此，讓顧客「頭毛水水、飛飛」不就是進美髮院的目的嗎？顧客頂著時鮮的髮式走出門後，做什麼好呢？阿嬤說：「去『毛飛』（遊玩）啦！」於是，就這麼決定了：「毛飛電髮院」！美髮院極盛的時期，有三個師傅，二十幾位助理，負責洗髮、修指甲、做臉及新娘化妝。我問阿嬤，當時洗頭價位何如？阿嬤說：約在十五至十七元左右（當時高所得平均月薪資約在二千元），高檔的消費，所費不貲。

目睭對流行

富美阿嬤回憶那時中正路是最熱鬧的街道，酒家多，來店裡洗髮的上班小姐喜歡髮稍內彎的俏麗髮型，而且時興前額髮絡向上梳起，別一朵嬌豔的紅花在頂髻上，富美阿嬤說到這裡，從椅上站起來，用手朝頭上抓出一個火樹開花的豎髻，然後比劃著那掌大的花兒大小，問我：「看麥！安ㄋㄟ敢有水？」我笑著說，「阿嬤，太神奇了，這樣『聳』，也敢上街喔！」阿嬤說，流行就是一夥人趕時髦的產物，全街都這樣，人人一朵大花別著，怎會奇怪呢？

在美容院的從業經驗讓富美阿嬤養成一腔寬闊的心胸，阿嬤說：「美髮，是千變萬化，引領流行的，所以，很多奇巧的花樣，要勇於嘗試，才能試出最代表潮流的訊息。」我看著阿嬤七十幾歲了，還剪了流行的鮑柏頭，並且染成金黃色，真的佩服她那永遠保持年輕的心態。

動手方得真功夫

美髮是服務「人」的行業，時代會變，人也會變，流行變得更快！所以，不斷學新技術，是很重要的，民國七十年左右，流行教主沙宣來到台灣，當時富美阿嬤親見他在高雄剪一頭短髮，收費五千元，這件事讓她十分震撼，她決定學習幾何構圖、髮量集中的剪髮技術，富美阿嬤驚訝地發現：三角幾何的構圖剪髮，髮型比較不會亂，這使得她在逆梳、包頭技巧之外，又悟得另一領域的技巧。後來，她也在長榮女中教授美髮課程，富美阿嬤出示她的上課教材，親手所繪的髮型素描，樸素、

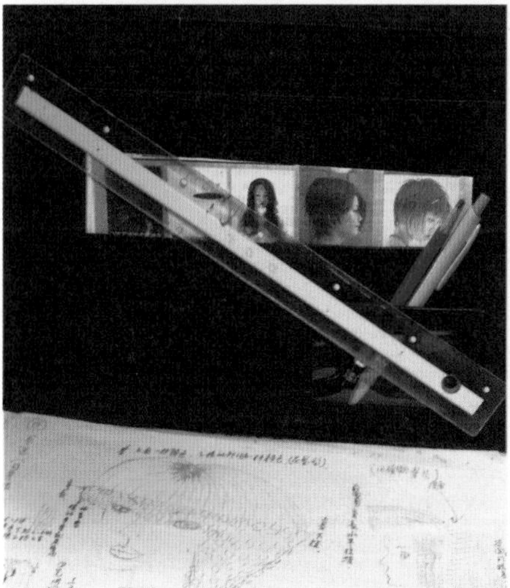

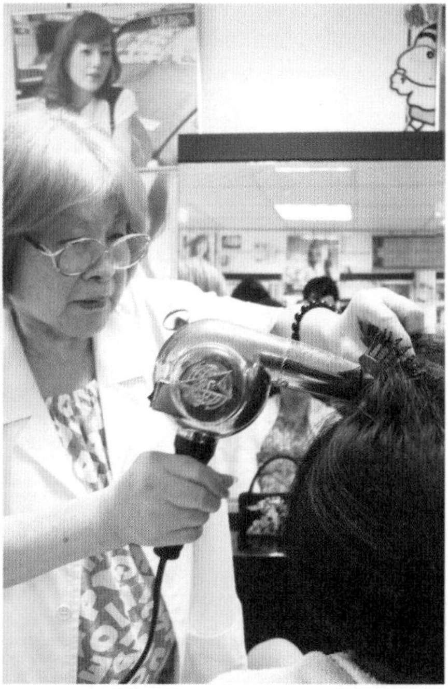

可愛又有創意，一筆一劃都看得見她的用心。

富美阿嬤說：「美髮這行業看錢的人多、出眾的師傅少。若能出眾，技術只是基本配備，而人品才是最重要的。」即使年過七十，阿嬤仍然每天穿著整齊的白色美髮師制服，為顧客服務。她特別強調：一個美髮師若技術學不好，即使靠運氣，也很難出脫，若人品不講求，生意也難做長久。

超越匠氣，才讓人瞧得起

毛飛電髮院至今四十一年，仍然屹立，每天，有許多幾十年感情的老顧客來此洗髮聊天，這間美髮院不僅像家一樣溫馨有味，更見證中正路銀座風華的起落，當然，自營美髮院箇中的甘苦她也親嚐不少。富美阿嬤憶起二十幾歲時，在西門路附近的小巷開店，埋頭苦幹的日子裡，有時還會遭到鄰居的歧視，有一次不知為何緣故，鄰居那位紳士體面的律師先生竟把清理丟棄在公用垃圾箱的燙髮藥包，一大包拎出來，大咧咧地堵在她家門口，不讓她出門，阿嬤一早開門，看到這種羞辱，熱燙的眼淚就滾下來了，「當時哪敢跟鄰居理論呢？做美髮，真的要超越匠氣，才能讓人瞧得起。」阿嬤說。

幾度拜訪阿嬤，我都特別詢問阿嬤對於「白菊」有何記憶？

「啊，她是一位不錯的美髮師呢？」富美阿嬤總是說：「她的逆梳和包頭是沒話說的技術！」有時她會特別憶起白菊老師晚年的印象，阿嬤說白菊常常到毛飛電髮店的對面餐廳打理餐食：「她提著外食，總是經過店門口呢！」

當時「白菊」和「毛飛」，兩店毗鄰幾步之遙，兩家店內生意鼎盛，門庭若市，然而客群不同，自不會互搏地盤，富美阿嬤至今，仍然以一位可敬的對手，回憶白菊。

富美阿嬤不僅是一位勇於嘗試、接受新觀念的美髮師，更是一位溫和寬厚的長輩。

女人搏感情的老地方

巷弄裡的婦友美髮院

府城巷弄一向是詮釋老台南慢活步調的所在，走在巷弄間，腳是探險的槳，心是升帆的船，微風來時，幸福的故事就會開始啟航。巷弄裡，溫潤的人情味在永福里持續演繹，因為那裡有一間老店，是女人的朋友，名曰：婦友。

從中正路五十三巷巷口走入，五十米處，抬頭仰望一幀老招牌，斑駁歲月都塗在臉面了。老字號的美容院資深美髮師吳招治，今年六十七歲，很難想像歲月為什麼不停留在她的臉上？而且，還讓這位 super 阿嬤像萬能電池一樣，時時刻刻持續發電！

婦友
髮型設計

婦友
髮型設

中正路
7

我實在看不下去

進婦友美髮院，其實只是想和招治阿嬤打個招呼，聊個天，但是，精力充沛的阿嬤一見面就是那一句招牌名言：「我實在看不下去啦！你先讓我把你的頭髮剪一剪！」唰、唰幾下，圍巾上來了，咔答有聲，頭髮落地了，抽下圍巾時，招治阿嬤還會抓兩下造型，對於自己的快手成果，滿意而且自嗨！阿嬤擺出一副你不讓我修剪頭髮，我便跟你談不下去的模樣，這便是台南人最道地的熱情了。

不知多少日子，招治阿嬤在這間老店，用這種精力過人的熱情見證最在地的滋味——人情味。婦友店面不大，簡單的店面，精練的美髮功夫，婦友美容院屹立半百歲月而不衰，五十二年的美髮技術，是老顧客們最信賴的託付。

學徒生涯，美髮人生

吳招治是台南鄉下來的孩子，小學畢業後，在白菊美容院擔任學徒，那時她才十四歲，她很記得那是八月十四日，開始學徒生活。對於白菊老師，她的印象是十分嚴格，但是教學確實是一絲不苟的硬底子。招治阿嬤那時和一起學髮藝的女孩子們都住在美髮院，晚上在店裡鋪床就寢，每天天剛亮，睡夢中聽到白菊老師的腳步聲，篤、篤、篤，還未走近，一群小學徒就驚跳起來，在最短的秒速裡趕快思考，哪裡沒收拾好？哪裡又疏忽了老師交代的細節？「驚跳什麼？」我天真地問。「白菊老師很嚴格啊！」半百世紀過了，阿嬤一談起當時情景，還是吐著舌頭，像小女生一樣震懾於白菊老師的威嚴。

招治阿嬤還說，當時來白菊美髮院梳頭的新娘子，有時一天高達上百人，忙碌一天之後，她和一群年輕的美髮學徒們覺得最好玩的是試穿堆積如山的新娘禮服，那是她覺得最幸福的一刻！不過等到她的幸福來敲門時，招治阿嬤連享受的閒情逸致的時間也沒有，阿嬤一直記得她訂婚那天，戴了婚戒，行禮如儀，訂婚宴一結束，脫了戒子，立刻上工！拿起吹風機做頭髮了。

「這就是人生！」招治阿嬤說。

婆婆媽媽半世紀

然而，嚴師出高徒，天資優異的她二十歲即學成出師。

店面起初開在永福路，後來轉入巷內現址，因應時代流行，吳招治也常常參

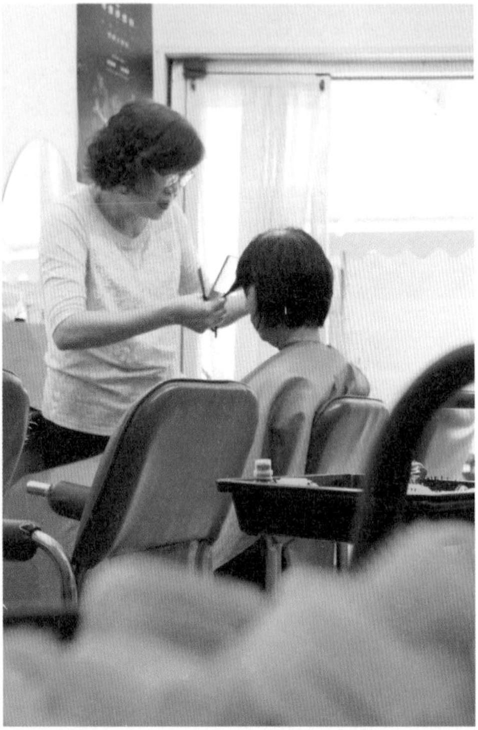

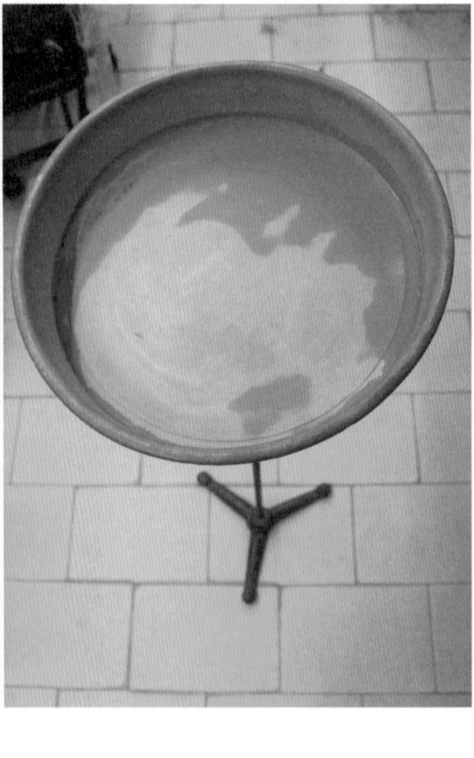

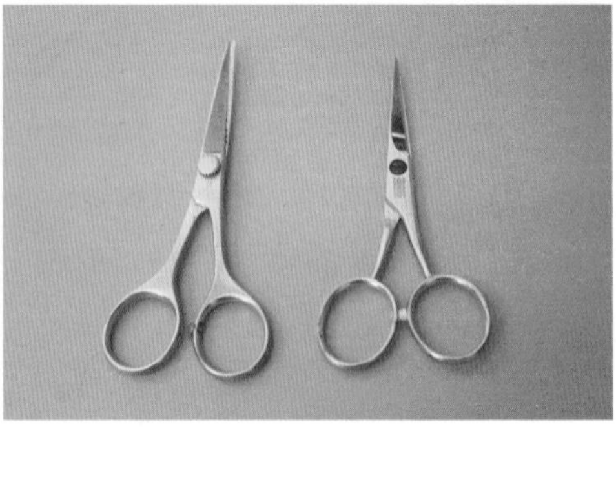

加國際美髮交流，學一些時鮮的技術，她常自誇當年美軍俱樂部與黑貓酒吧鼎盛時期，表演秀的主秀都是在此梳理設計髮型。當時生意興隆時，二十幾坪的店內，沒有轉圜的空間，客人等待區只好設置在門外，早上七點半就有客人在門外布棚下等候開門。

婦友美容院是當時婦女們與國際時尚接軌朝聖所在，現今來此，都是幾十年的老顧客，婆婆媽媽們在此美髮的歷史跨越半世紀，許多是二代共聚一堂，像台南氣質美女畫家陳香吟和郭綜合醫院總裁夫人林欣欣皆是座上賓。

六十七歲的招治阿嬤，現今仍繼續服務老顧客。深居內巷的店面，有著搏感情的慢節奏，節奏中是人與人互相信賴與穩定的感情，在店裡的三個員工沈麗華、黃秀萍、楊淑芬，各自都在這家小店待了二十年、三十年。人是老的好，歌是老的耐聽，小小美髮世界，有一派沉澱的老氣味與人情味。

茶香飄溢的美髮院

茲事體大的頂上心事

髮之一事，物微而事大，古人說：「三千煩惱絲。」難怪，李白大呼「白髮三千丈，緣愁似箇長」！

對於女人來說，一輩子與頭髮的牽牽扯扯，是春水流不去的賬，雖說長髮也好，短髮也好，你喜歡就好！看似人人擁有髮型的宣告權，然而事實並非如此，真正的王道，在美髮師那一剪、一燙、一染，所以，進美髮院，有時會搞得心情狼煙四起，幾日不想見人，有時，幸運地春風又綠江南岸，頂著自信的髮絲，恨不得昭告全天下。對每個女人來說，凡進美髮院，都是豪賭！

屈指數來，多少次燙髮的經驗，並非全然愉快，因為枯坐一個半天的成果，除

了改變造型，轉換心情之外，免不了帶回家的禮物是：三天三夜拂之不去，棄之無門的燙髮劑氣味，對於味道一向敏感的我，每次擁抱新髮型的同時，也消受著老氣味與苦失眠，因此我所記憶的美髮院，就是夾雜著氣味，與滿地髮絲的空間，冰炭兩極的所在。然而，城市裡那間特別的美髮院：薇佛，卻另生門面地讓我見識了另一面美髮傳奇。

以寫意的繪畫入門

薇佛美髮院在樹林街，店面招牌是寫意的圖畫，真正手工繪製，畫作出自懷墨齋洪國華老師之手，落地的玻璃窗晶明透亮，推開原木板門，迎面是兩排整齊的美

髮座椅照鏡，地面潔淨無塵，撲鼻的不是美髮藥水味，竟是茶香！尋味而去，看到屋內裡間區隔了一方小茶室，時時有顧客在此品茗，晨子放下吹風機、美髮剪之餘，都在佈置茶席的案桌上，以茶敬奉顧客。

美髮院的主人是謝惠青，大家都以「晨子」稱之。晨子與美髮的因緣來自她的阿姨，開美髮院的阿姨讓她對於美髮與女子的美麗劃上絕對的等號，晨子說：「能把美麗的訊號帶給別人，是很美好的事。」

對於美的追求積極而無止境的個性使然，使得晨子不能安於阿姨家傳統的美髮技術，在那個年代，多半的美髮師都是僅止於學得一技，養家活口，「但是，美，是值得日新月異，精益求精的」，晨子說。

人人是我師

離開阿姨家美髮院之後，她考進高雄一家日式美髮院當師傅，這家美髮院培養師傅的制度，開啟了她美髮的視野，也影響她後來毅然決然勇敢收拾行囊去日本學藝的勇敢決定。恩師高澤光彥的美髮學院在原宿，東京共有六家美髮院，嚴格的日本老師，在每個細節的把關與訓練中，讓晨子學會了「剪髮，是一項完美的藝術」。

美髮，不是裝飾技巧而已，而是必須以美學藝術的角度審視。「那樣的體悟，使我發現自己的位置，我開始享受自己是一位藝術家的使命感與快樂，更重要的是：對我來說，顧客不是金主，不是財客，他們是和我一起完成藝術創作的人。」這種想像使得晨子樂在工作中，晨子常常喜歡觀察她的顧客，也用更多時間與他們聊天，然後從談吐、走路、工作性質以及談話的細節裡找出最適合顧客的髮型，她笑著說：「我不會寫文章啦，但是，每天工作的時候，我都像在寫小說呢！」而且，每位小說中的人物，都成為她生活中的好朋友。

在茶香中有愛

薇佛美容院採預約制，音樂輕響的空間，晨子用進口的環保燙染髮劑體貼她的顧客，晨子從日本老師身上學得兩個特質，一是面對顧客，要專注如一地打理美髮這件事，因為眼下的用心，才能找到為顧客量身訂做的美感；另外，美髮是具有時代性與潮流的，美髮必須時時學習日新月異的技術與觀念，所以，在薇佛美髮院的美髮師，除了在台灣吸收資訊外，每年晨子也會帶她的員工去日本原宿的美髮學院參與短期課程，技術與用心讓薇佛的顧客和她建立穩定的情感，培養長久的信任感

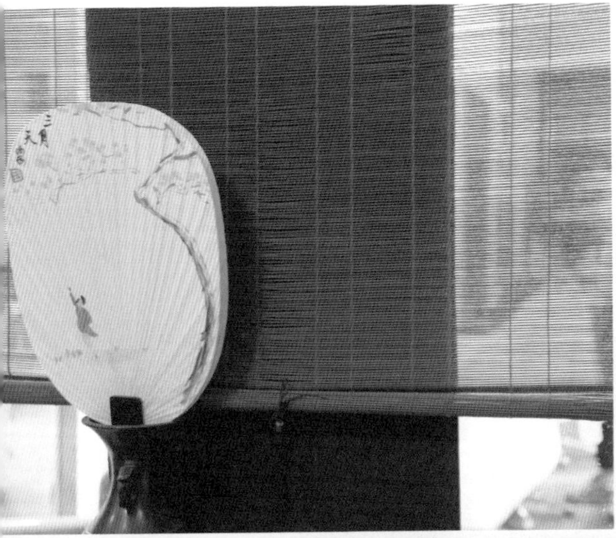

之後，她的顧客總是善於聊天的。

學習茶道多年的晨子，從茶道中體會清寂、閒靜、專一的美感，愛茶、品茶的她，也想把這份生活中的美學分享給她的顧客，她在台南許多文化茶席裡時常擔任主題茶席的茶師，也曾幾度到日本京都、大陸廈門、上海、寧波、杭州，以及韓國等地展演茶道藝術，佈置一方優雅寧靜的茶室與茶席，對她而言是駕輕就熟的。屋內以一道放滿珍藏茶具的隔屏分出美髮與茶室空間，隔屏上多寶格式的方框裡，典藏著晨子多年愛茶、習茶而收藏的茶具，小巧古雅的壺、杯、茶方、茶則，總讓尚未入座的顧客，就駐足賞玩了。晨子識茶、選茶的茶品極好，喝一盌茶，入口芳香，頂一頭美貌秀髮，走出門去，那才真是內外通暢，一切俱足了。

在店裡，晨子時常一邊做美髮，一邊聆聽女人心事。這一間茶室美髮院是一泓清泉，只要薇佛在，人在，故事就在，故事的情節是生活裡美麗的詩篇，詩篇裡，晨子以盈盈笑意、以茶道精神開店，也用朋友的愛為你美髮。

老房子大PK

Bing Cherry，很甜

小西門圓環是一道美麗的弧線，在蜿蜒凹處，有一幢一九三二年代的排屋建築，七十幾年歷史的老屋，位於交通要衝的圓環，卻又隱身在老樹之後，枝葉扶疏遮掩，使得它在喧囂的街市，讓出一方清明闃靜。排屋之中，有一間美髮院──Bing Cherry，它正以老屋欣力的角色，展演城市裡美髮院的另一風貌。

Bing Cherry 是在夏天盛產的西北櫻桃，是櫻桃種類中最甜的品種，美髮沙龍以之為名，大概是希望來此之人，享受甜蜜的美髮服務。現任店老闆之一的 Miki 湯容宣說，Cherry 是她的好朋友，從中串起她和另一位事業伙伴 Semi 的連線，然後三個七年級女孩一起打造的這家店，Cherry 和 Miki 是高中美髮科同窗，Semi 學視覺設計專業，負責空間、平面、宣傳行銷等等開店大小事宜。六年前開店時，老房子並未流行，應該是與這厝有緣，她們一眼便喜歡這個空間鬧中取靜的特質。

時間慢下來

進屋一樓是櫃檯及接待處，靠門邊口的櫃檯擺了許多 Semi 從美國帶回來的髮飾，充滿現代感的顏彩及造型，很討年輕人的歡心。沿著狹窄的木樓梯往上，映入眼簾是古樸原味的木窗，二樓是剪髮區，在有限容積中擺放三張剪髮椅，Miki 説顧客最喜歡坐在靠窗的位置剪髮，從窗外灑落的陽光和窗戶外的綠樹、街景交映，讓剪髮的時間裡，可以享受天光綠意的大自然沙龍趣味。右邊的等待區，是休憩的沙發和矮桌，書報閱讀十分自在，有回家的感覺。

循屋往後走去，就來到後間，那是原先的廚房，經過一番改造，透明感與金屬感的元件，使得老屋的廚房，也亮了起來。穿過這裡，就可轉進清水混凝土風格的染燙區。

老房子兩區都是大落地窗，透進來的陽光照射在地上的六角地磚，這是傳統龜殼造型，代表長壽、吉利的意思，人字形拼接溝縫也寓意人氣興旺。髮廊的美髮椅，

Free
Hair

黑白兩色，簡單現代樣式中有工藝內蘊，在室內銜接新和舊、精緻與樸素的對話。這些不同時空下的設計美學，拜老房子優雅所賜，收納得安然自在，不自誇、不張狂，和諧共處於此。

人和人對話的空間

店內採用一對一的服務方式，美髮師會與顧客作詳細的溝通，並鼓勵顧客在完成造型後能親手打理。店家強調來到這裡，要享受人與人的感覺，讓自己慢下來，「想讓忙碌的都市人能在一個安靜、悠閒的空間享受精緻的服務」是老闆的初衷，為使顧客坐下來，享受不用煩擾的片刻，因此店內刻意不提供電視，讓顧客的心境離開家裡或辦公室，進入一個享受慢活的空間的氛圍裡，沒有視訊的干擾與分心，更可以彼此互動。二〇〇九年開幕一週年時，Bing Cherry 曾辦過一次走秀，舞者在三樓跳舞、陽台上走秀，那一次的活動，讓 Miki 至今難忘。

Miki 說：「在老房子工作是幸福的。」每個午后灑入的溫煦光線，洋溢著燦亮的光暈，工作自然地格外輕鬆，臨窗享受台南溫暖陽光照進古厝的溫度，是人生難得的福份。老，是時間的味道，老房子蘊藏著人與人一起生活的時空中，相互依賴的感情。在追逐日新月異流行尖頭的今日，Bing Cherry Hair Salon 卻不隨著潮流起舞，而以反其道而行的思維，回到府城溫潤的舊建築中，讓古樸的空間襯托髮樣的新意。

蛻變 Hair Design

民權路的開發甚早，前身是十七世紀台灣荷西殖民時期開闢的普羅民遮街，後與南北向的街道構成十字街型，成為台南城的中心軸線，當年能在十字大街立足

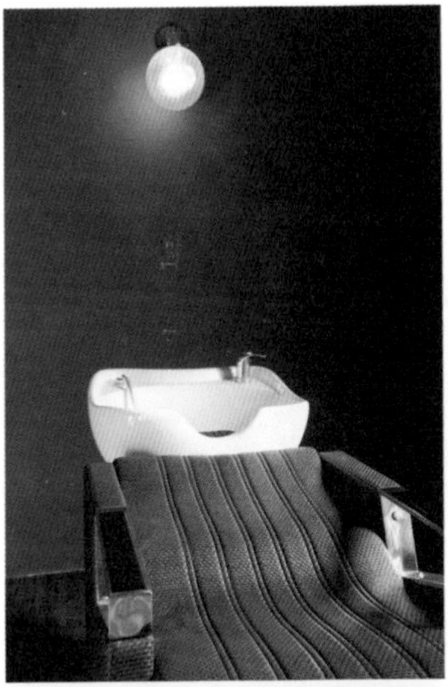

的，非富即貴，布行、商號、貿易公司林立，發達之後有人移民，也有人搬遷，台南人守本念舊多半會留下一棟棟的起家厝，因此，至今沿街仍保留許多歷史老屋。

穿過了永福路，有一間白色外觀的樓屋，這間老屋佔地六十坪，台南藝術家杜昭賢曾在此經營「新生態藝術環境」，八〇年代，我剛來台南時，那最美好的文青回憶，之後，新生態悄然收場，而今文青已老，白髮宮女話當年，樓屋早已易主。幾年前，忽又開設一間個性髮廊，店名：蛻變 Hair Design，它是老屋欣力的成功案例。

走進陽光的殿堂

這間美院髮有民權路典型一條龍的建築空間，為了採光，中間有天井，屋內配置分成三區，前有六張椅子的美髮區，鏡子選用落地鏡，很大氣的鏡子，鏡內有日光從天井射下，陽光在這裡，像大把白花花的銀子，富麗而奢侈。後有洗髮區，藍光與白光交錯，讓洗髮像是一次神祕曼妙的舞台經驗。天井的部分是等待區，安放閱讀桌椅，使得美髮院充滿書卷氣息，等待的空間很寬敞，光影透亮，空間大氣流暢，像走入光的殿堂，讓人有放鬆舒適的感覺。天井空間裡有個幽靜的小庭院，園

藝增添一點綠意的美感，整個空間牆上塗抹活潑的芥末綠，看出來 Toby 夫妻以新潮、創意經營美髮的思維。

最簡單的事，比什麼都重要

Toby 早期在香港英式的髮廊習藝，他很注重造型之後，讓顧客可以ＤＩＹ處理的美髮設計，因此，他強調頭髮的基礎保養，比如說：「洗髮，我覺得洗髮是生活中很簡單、卻很重要的一部分，我們應該用更專業與用心的方式對待日常生活這個細節。」他談起頭髮的保養，就像他敘述 Hair Design 的空間一樣，在細節中，充滿思考、充滿熱情。

Toby 說進入美髮界的技術門檻不高，但是，經營要能屹立不搖，卻需要莫大心力，他覺得對於一位美髮師來說，技術是多元學習的能量，舉凡應對進退、察言觀色、美感造型，以及溫暖的互動都是不可或缺的，當然最重要的是：進修、不斷的進修。

昆蟲的蛻變是轉型為美麗的過程，蛻變，從「頭」開始，Toby 林獻祥用這間店，參與每位顧客的蛻變。由裡到外，讓有緣的顧客享受愉快的蛻變進行式！

就是老朋友的美髮院

寫意年輕的長髮

初識惠珍，那時我們都年輕。

惠珍有一襲長髮，彷彿小說中的浪漫女子。走進美髮院那天，是午后，民國七十九年，剛到台南女中任教，新的教學團隊十分傳統而且守成，我是一個喜歡創意教學的老師，難免吃一點苦頭，更何況，那時我還兼職校長室祕書，職場的氣氛總是悶沉。記不得是哪個年日的午后，大埔街上的美髮院安靜沒有客人，只有伙伴阿珠和助理秀秀在座椅上摺毛巾，惠珍幫我洗頭、吹整頭髮的過程中，我的眼光一直沒有離開她的長髮，那真是一面活招牌，一眼便說服顧客：好頭髮在這裡啦！

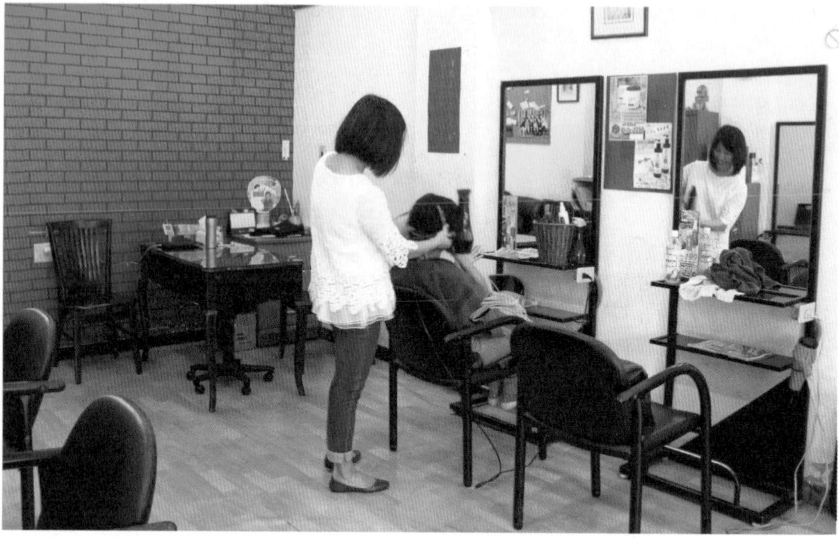

務實，就是生活的真諦

身為平常顧客，到店洗髮期間，惠珍何時結婚的？我一概不知，後來，她懷孕了，頂著凸大的肚子為我剪髮時，上上下下彎腰側身，有點微喘，我問她：「怎不坐著剪？」她說：「站著服務，是我們這行的宿命，也是基本敬業態度，若頭髮剪歪了，我們也不好過。」那時，我才開始和她談上生活裡的細節。

想來惠珍結婚，我會毫無資訊是自然的，因為美髮這一行，哪有婚假與蜜月期呢？惠珍應該是結了婚，就上班了吧。我記得幾年後，店內美髮助理秀秀結婚時，也是讓我很驚嚇，那天臨早，秀秀幫我洗髮，然後，惠珍接手去吹整，拿著吹風機的惠珍悠悠然說：「秀秀等一下要去當新娘！」，「什麼!?當新娘還在這裡洗頭！」我驚嚇不已！惠珍說：「還好吧！」我們以為天大地大的繁複排場，對她們而言，是不可多得的享受，因為無法過度逸樂，於是學會安份處理生活節奏，我從她們身上看到：務實、生活。

懷孕末期，惠珍剪去蓄留多年的長髮，乍看短髮惠珍時，我有微微的感傷，女人為生活及身分放棄的細節，其實，少人知曉。短髮惠珍卻十分樂觀、積極，養育女兒，踏實度日，並且成為我生活中最真誠的朋友。

她是愛的補給站

在我擔任學校主任時，行政的時間表讓我幾乎沒有喘息的時間，想要一頭可以見人、可以參加會議、可以擔任講座的整齊髮型，只能利用很晚的下班時間，或者一大清早還未上班時進美髮院，想想，老天真的給我一個很好的禮物：惠珍的友誼。她一直為我等待，等我下班，也時常因我早起，睜著惺忪睡眼為我整髮，有時，我想犒賞學務處的工作同仁，一通電話，她便為我去東市場採購最好吃的熱玉米、莉莉水果店的紅豆湯或是椒鹽雞便當，她是神奇助手，也是物質補給站，媲美貼心管家，當然還是我的同事們口中的「萬能惠珍」。

想來，她的美髮院也是一個傳奇，除了洗頭之外，凡婆婆媽媽所需之物，應有盡有，不時都有購物樣本、或登記哪家需求團購物資的清單，舉凡：冰糖薏仁、紅棗銀耳、花生糖、涼麵、方塊酥、菜頭鹹糕，或者手鍊、串珠……甚至，不知從何時開始，坐在那裡洗頭，惠珍會遞來一疊貼身內褲在我膝前說：「超……好穿！我的朋友強力按讚的！」可不是，比市價便宜好幾折，貨真價實，還免去在公眾場合挑挑揀揀的尷尬，只是，那一天只見店裡一排正在洗髮的阿桑們，頭上是美得冒髮泡的半成品髮型，面前一包貼身內褲挑挑揀揀，這畫面還真的令人永生難忘！當然，此事獨有台南溫暖店家才有，人間哪得幾回見啊！我的家人每一次看到我從她的美容院拎回來的戰利品，便瞪大眼睛不敢置信的問：「你確定，這只是一家美髮院而已嗎？」是啊，如假包換，那是像家人一樣的「老朋友美髮院」。

我們一起慢慢老去吧

退休後，我還是遠迢迢回到台南女中旁的老朋友美髮院剪髮、洗頭，歲月在屆

指暗算中，流逝了。惠珍再也沒有留長髮，偶爾，我會向她提及那時的驚豔，她總是淡淡一笑說：「美好的事，做過一次，值得了，就不後悔！短髮也不錯，輕鬆！」她的女兒已經上高中了，多年努力生活的她，在吹整顧客的髮絲間，一絲一絲打理著生命的記憶，我時常見她在沒有顧客的時候，一得閒，便和秀秀、阿珠一起做加工品貼補家用，旁人看來，是有點辛苦勤勞的，她總說：「不會啊，很有趣！」這就是惠珍，永遠樂觀處世的好朋友。

惠珍美髮手藝好，什麼造型也難不倒她，但是我對於髮型款式的忠誠度極高，換言之，甚少創意，惠珍一直忍受我的古板，也安於為我打理「朝朝暮暮、依然如故」的頭髮，然而，髮式不變，髮色不留人，女人，年過半百，只有美髮師想和你「有染」，最近，她一直問我：「來染個髮好不好？」這一問，才讓我驚覺和她以髮結緣已有二十幾年歲月，從青春年少到如今髮絲微皤，我睜眼看著妝鏡中的她，笑一笑，無由作答！讓白髮安然老去吧，我知道老朋友永遠關心你。

二十幾年來未曾詢問惠珍美髮技術師出何門？這一年以來，我追探府城老美髮師白菊的蹤跡，零星雜沓的資訊與談話，使得她的身影彷如寥落星辰，有一天洗頭時，我不經意提及，惠珍驚呼：「白菊！她是我的老師啊！」因為她的緣故，我得以造訪長榮女中美髮科。

白菊傳奇

長榮女中美髮科

採訪那天，長榮女中美髮科的學生正在實作課程，陽光熾熱，秋老虎還在發威，年輕的小女孩們，把老師教派的作業亮相出來，一顆顆模特兒的人頭擺在窗台上，每顆頭型的眼角嘴稍都在笑，有點詼諧！頭上插滿細黑髮夾，每根髮夾摳著一卷漩渦般的髮絲，一渦渦彷彿陽光在旋轉。實習部主任宋麗娟是白菊老師嫡傳的學生，她同時受教於白菊——也就是陳杏苑老師，以及白菊的女兒曾渼媄老師。宋麗娟主任指著模特兒頭頂髮稍上，那一卷卷細密漩渦一般的圓圈說：「這就是白菊老師最具代表性的技法：指推波紋，一直到現在，美髮檢定的考試項目裡，指波技法仍然是必考項目，這是白菊老師要求的基本功。」

在仄窄的辦公室裡，兩位高三的女學生正在練習比賽髮型，青春的孩子，以指撥髮，彎揉、扭轉、推高、吹整，指尖在髮絲間揑揉、取樣，或者護攏一窩卷髮的美麗，那感覺像是情人的呢喃細語，來去如水，煞是好看！我以讚美的心情告訴宋主任：「你們真好！教孩子們有一技之長，職人的可貴，應從此開始！」麗娟主任也說：「陪著許多長榮女中美髮科的孩子一起學習成長，但願社會上的人們能給予她們的努力一份肯定！」

長榮女中是台灣第一間女學校，當時啟蒙女子知識，培育菁英無數，民國七十年，開設美髮科，現今府城許多美髮前輩，皆出於此，而一手規劃美髮教育課程的便是人稱白菊的：陳杏苑老師，至此，我才找到白菊老師的落點，又因長榮女中進修部宋麗娟主任相助，找到白菊的女兒曾渼媄老師，她在台北任教，次日，我便驅車北上。

穀保家商憶舊事

台北的秋意已濃，到穀保家商時，夜色已漸昏，尋路而去，街道兩岸都是小型工廠，下班時刻，仍然雜沓猛聲地鍾撞運作，金屬的磨蹭辛味，飄散一路，這是勞

力一條街。

到校時，學校裡的學生正在歡樂地準備運動會舞蹈，演練的吶喊震耳有力，掩住我們的對話，在斗室與曾主任相談，憶及母親，她難掩感傷，幾度紅了眼眶。她的確激動，「因為一直以來，母親對美髮業的貢獻甚少人提及，更遑論當時風光盛業。」曾渼媄如是說。

鶯鶯燕燕，盛景冠蓋

曾渼媄老師說：母親系出名門，阿祖是清朝舉元，阿公是留日知識分子，屏東高女畢業的母親，起先在屏東擔任小學老師，父母親開放的視野，讓白菊有機會去日本學美髮技術。說得一口純正日語的母親所開設的店，是當時府城名門貴冑時常光臨的地方，在前台南市長葉廷珪時期，美髮院幾乎天天都是官夫人聚首的地方，來台南的明星也是家裡的熟面孔，曾渼媄對於張美瑤、甄珍這些大牌明星都還有很深的印象。

那時做頭髮一次十五元，燙髮五十元，白菊開設的美髮院在中正路有兩個店面，一是營業部，一是美髮補習班，除了美髮之外，白菊首開先例地企業化經營美髮美容事業，比如禮服、護膚、新娘化妝等等一應俱全。當時美髮院三樓特別開設美姿美儀課程，聘請德國老師來教課，許多名門大戶的新娘在盛宴時的儀態都是白菊老師指點，甚至，當年台南小姐選美時，那些上台的儀態、台風都是在他們家美容院三樓練習走台步的。美髮院每遇黃道吉日，店內上上下下一百個新娘等著化妝梳頭，裙裾交錯、人仰馬翻，簡直盛況空前，白菊一手經營出來的美髮業規模，是開風氣之先，簡直是企業女強人。

投身美髮教育的寂寞身後事

白菊老師在後半生投注最多心力的不是店面營生，而是台灣的美髮教育與國際美髮推廣。長榮女中美髮科、高雄樹德科大美容美髮科系都是她一手草創課程，她曾代表台灣參加世界美髮大賽，擔任評審長，也曾是全國美髮聯合工會唯一的一位女性理事長。風雲叱吒，躊躇滿志，卻在幾十年後，了無陳跡可尋，我十分好奇，問曾渼媄老師：「那，白菊美髮院如何結束的呢？……」

坐在席位中的她，停頓幾秒，靜默，我看不見她低著頭臉上的表情，然後，她側頭輕聲地說：「我去掩一下辦公室的門，外邊的學生練軍訓，喊口號、踢正步，真是大聲啊！我倆説話都聽不清楚了……」就在她轉身時，我明白了曾渼媄心中的遺憾有多深。

白菊，後來中風臥病在床，倒下來之前，其中幾位她一手調教的美髮師父無預警地離去。我聽著曾渼媄一點一滴敘述那漸次頹落的家業，突然想起臥虎藏龍的劇情裡，那碧眼銀狐的愴然！

昔人身已去，髮絲空蒼茫

「毛飛」的阿嬷曾説：「聽聞白菊是一位嚴師，老師嚴格也是恨鐵不成鋼啊！嚴格，沒有不好啦！」

「婦友」的招治阿嬷説：「年輕時，只知道怕老師，不敢多學、多問、多看，現在常想：當時能多學一點，不知該多好！」

「薇佛」的晨子説：「我覺得老前輩，值得學習的態度，很多。」

「老朋友」惠珍也告訴我：「那時我們若不用心學習，白菊老師就用梳子敲人，好痛喔！還好啦！不痛就學不會！」

「白菊」的店名十分雅致，當過老師的白菊，自然不願意以庸俗的豔名來招搖，白色，是風華絕塵之美，用一身淨白的執著標竿品味，菊花的意象，大抵因為白菊老師師承東瀛，給自己的技術一點定位，然而，這一間充滿傳奇的店面，一如秋菊之孤高特立，走出一段美髮界的傳奇。

隱約而去的風華

離開穀保家商時，台北的夜，更深了，然而，歡躍的學生仍然在操場上舞蹈、歌唱，還有幾個班級正吼喊軍訓口號。震耳欲聾的聲囂，肯定了年輕真好！曾渼媄說：「如果再年輕一次，我一定要跟母親學習更多的！」

幾日後，曾渼媄寄來一封信：「王老師，感謝您對家母的抬愛，那天談話後，心中激動不已，陳年往事湧上腦海，台灣早期美容美髮業她確實是代表人物，可惜後繼無人，謝謝您的用心，附上一張黑白照片，請查收。」

本照片由曾渼媄老師提供

這一張白菊老師的照片，是她唯一珍藏的母親印象，老照片中的白菊，陳杏苑老師，梳著秀整的包頭，清麗的笑容，整齊的美麗，衣服、款式的細節，記錄著美好的光影，一如我的母親的年代，那隱隱約約的美麗，像時間長巷中的燈火與星光，熒熒地閃亮著，每片閃亮的微光裡都有母親的愛、女人的情，以及漸漸轉身而去的一代風華。

衣

裁縫師的女兒

那轂轂翕動

母親，是裁縫師，她用一針一線縫出了我的童年，隱隱約約好像有一種來自啓蒙時的視覺，是以針線交織的圖騰，圖騰裡，有母親溫煦的愛，即使在母親離去多年之後，仍然活在我的眼、耳、心、意裡。

童年裡，有一種旋律，是縫紉機轂轂的翕動而發出的聲響，篤、篤、篤地在許多夜半眠覺時，像喘息一樣地響起。那時，我才五歲，父親一夜的狂賭之後，台中太平鄉一棟人人稱羨的樓房、木作工廠，一夜易主。

倉皇躲債的日子裡，母親回到她的裁縫機前，輪動著裁縫車，篤篤篤奔馳在艱難的家道裡。那幾年，我一直認為母親是不用睡覺的，裁縫機的聲音伴著我惺忪的眼皮倦睏睡去，又在我清晨初醒的睡眼裡，見它仍在奮力輪轉，我一直以為母親是不用睡覺的。

小時候，母子窩居的斗室挨著一條河搭建，水流竄過屋宇基地，若有似無地流淌而去，年幼時不知害怕，時常趴在家裡的簡陋床板上，看落葉飄盪盪從床底下滑走，那落葉是屋旁榕樹在秋天時墜落的。有一年冬天，榕樹下開始住著一尊土地公，落難的木雕，連一點油彩也沒有，那是母親去溪旁洗衣，從河流裡撿回來的，灰頭土臉的土地公從天光到暗暝，甚或一年四季，都在笑。貧窮飢餓的童年裡，時常不明白神明怎麼永遠有著開心的臉龐？母親擦拭著土地公殘損的身軀，日日三杯清水，月月初一、十五拜果供養，她心中的菩薩。

女雖弱者，為母則強

多年後，母親像蠶絲剝繭一樣地追述過往，我才明白：當年的母親也有疲勞的時候，女雖弱者，為母則強，好強的她為了賺錢趕工，熨斗終日熱燙，縫紉機分分秒秒踩踏。

母親時常提到那不知名的某夜，疲勞的她在朦朦朧朧中睡去了。睡夢中，有一個男子大聲喚她：「秀玉、秀玉，不要睡，趕緊起床！趕緊起來！」當母親驚醒時，熨斗已經起火，火苗剛爆出燃點，扯下桌巾、撲滅火苗，母親救下一屋家當，天可憐見，那時嗷嗷待哺的我們，還沉睡在美夢裡。母親一直相信是土地公救了她！

信仰，是窮苦的母親唯一的奢侈。我想，在多少不知名的深夜裡，是這樣的信仰陪伴著裁縫的母親吧。我至今仍記得，那時母親為他人作嫁衣裳，一件要價：一塊五毛錢。

歌聲似水悠悠

記憶中，還有一個印象與母親有關，那是她哼唱的鳳飛飛的歌，歌聲伴隨著轂轂的縫紉機踩踏聲，一頓一挫響成童年的節奏。鳳飛飛的歌，總是有一種重量，那是努力在蒼涼之後，讓自己看開的感覺。即使是歡樂的旋律，在輕快的節奏中，她的笑容牽動的嘴角，時常讓我以為那是哭的線條，或者是很艱難才能掙出的笑意。

我沒有深刻喜愛過她的表演面容，但是她的歌聲，卻是鎖著一段段令我難忘的記憶，對於從來沒有當過女工的人來說，很難體會鳳飛飛的歌聲裡那些深刻的回憶。記憶裡的背景音樂是那一首〈似水年華〉，有一次母親一邊縫紉一邊哼著：「年華似水流，轉眼又是春風柔……」我抬起頭驚詫看著她，渾然忘我的母親將那句「層層地相思也悠悠」的尾音唱破了，那是我印象中第一次聽她歌唱，那句「也悠悠」是我印象深刻的歌詞。母親並不熟稔國語，若不是一再反覆聽著旋律，怎會記得那首歌？我並不確知母親是否喜歡鳳飛飛，及今回想，也許在母親靜默一針一線縫補家計的歲月裡，鳳飛飛的歌聲是陪伴她不離不棄的存在。許多年後，母親被我們簇擁著去卡拉ＯＫ，她當時也點了這首歌，國語歌詞依然含糊，而且，「也悠悠」的最後一個字，一樣破音，那卻成為我記憶中很獨特的母親嗓音。

那曾經蒼白卻又美好的

女工歲月

國中開始，為了賺取學費，整個漫長的暑假，我的世界就是一間工廠，再換一間工廠。在工廠的每一份工作都是奇妙的經驗，每一個經驗的背景裡，都有一個隱隱的聲音相隨，那依然是鳳飛飛的歌聲，因為無聊無趣的工作環境裡，收音機裡的聲音，是勞動工作的伙伴，而廣播電台裡點播的歌曲中，鳳飛飛的曲子永遠是排行榜第一名，而且，那個年代裡的女孩，流行的服裝款式，是有著過度誇張墊肩的上衣，感覺上是西裝的改良款，配上鳳飛飛帽子，以及瀟灑的手勢，工廠裡和我年齡相仿的女孩，都喜歡來這套：〈一道彩虹〉的經典表演程式。

上大學前，我又到一家眼鏡工廠去打工，工作是調整眼鏡，兩人一組，我的伙伴是一位年輕的歐巴桑，我們稱呼她「闕媽媽」。她才二十八歲，卻嫁給一個六十七歲的退伍軍人，「沒辦法，家裡賣女兒啦！」闕媽媽想得很開，她喜歡穿上寬下窄的套裝，寬大墊肩、迷你短裙襯得她的水蛇腰，很妖嬌！她常說：「女人喔，就靠一身衣服而已啦。」闕媽媽的歌聲很好，做事又勤快，是班長的最愛，因為別人一早上只能處理一箱眼鏡，她一上手，工作量總是三、四倍。每天，她和我坐在一桌調整眼鏡，還特別喜歡碎碎唸。那時眼鏡工廠都做外銷的產品，她作勢捉起一個拳頭大的亮彩太陽眼鏡，就哇啦大叫：「阿督仔，什麼都大，連這枝也這樣大！」含蓄保守的年長伙伴總是對她嗤笑，要不就罵她：愛開黃腔，教壞孩子！闕媽媽才不理，照說、照做、甚至吃帥哥班長的豆腐。

我是一片雲

在那些日子裡，我都在工廠吃大鍋飯，加班旺季，一天連吃午餐、晚餐，朝夕相處之後和工廠裡的女孩，漸漸地熟了，她們的私房話，也就一一地吹到我的耳裡。比如說：闕媽媽勾引班長，好幾次，八卦說開了，他們就互相對罵，闕媽媽否認的嗓門，比誰都大。

有一天，從不請假的關媽媽缺席了。一起坐公司交通車來的同村女工說：「關媽媽昨天被老公痛打，還脫光她的衣服，押著她在眷村裡繞遊一圈示眾。」女工們有人罵關爸爸：「沒天良啦！沒衫沒褲、糟蹋自己的女人！」有人批評關媽媽：「誰叫關媽媽妖嬈討客兄！」也有人不痛不癢地詻謔：「我爸說，關媽媽的水蛇腰身材，卡水唷！」更多的笑聲，被收音機的歌聲淹沒……我的情緒梗滿胸臆，心想：身上光溜溜，一件衣服都沒有的關媽媽，怎麼躲過路人賊似的戲謔眼神？

兩天後，關媽媽來上工了，衣服穿得密密實實的，平日的玲瓏腰身彷佛一下子都不見了，臉頰、嘴角的淤青、紅腫仍未消褪，那天坐在她的身邊，我一句話也不敢問，關媽媽沒多說什麼，只是唱歌，那天她朗聲大唱〈我是一片雲〉：「我是一片雲，天空是我家，朝迎旭日升，暮送夕陽下，我是一片雲，自在又瀟灑……」歌詞瀟灑，歌聲卻像偷偷哭泣的孩子。

幾天後，關媽媽的位子又空了，沒人知道逃家的她去了哪裡？

多嘴的女孩們說：「聽說，關媽媽一件衣服也沒有帶走……」

制服的愛

綠兮衣兮

及今思之，在那充滿鳳飛飛歌聲的工廠裡，我看見一個個青春生命蒼白、貧血又無奈的寫照。每天下班後，拖著疲憊的身軀走在回家的路上，我都告訴自己：「一定要加油，不要過著這種日子。」擺脫蒼白，成為我當時奮鬥的目標，很努力的，我穿上那件人人羨慕的綠色制服，台中女中的顏色。

我喜歡穿制服的青春歲月！對女人來說，每天醒來第一要事，挑衣服，永遠是出門前的難關，但，高中穿制服上學，最沒有選擇的難題，台中女中綠色的制服，因為和郵差先生撞衫，時常惹得許多側目與笑話，有時走在自由路遇到郵差伯伯，他們都愛調侃我們：「同公司的，又來了！」但是，我還是愛極了那件綠衫子。中女是很注重校譽的學校，穿上制服，形同模範與身分，其實在驕傲的背後，我總是有臨淵履薄的戒慎。那個年代，教官都會在上學的校門口，逐一目測檢查每一個學生的口袋，哪個不識趣的學生把手帕、衛生紙裝得腆鼓鼓的，教官就吹哨子：捽人當場取出！綠衣的回憶裡，點綴著與教官捉迷藏的青春亮片，十分有趣。

好媽媽後援會

中女中畢業後，我十分珍藏青春三年的綠色制服。讀大學時，家道艱難，搬了七、八次家，當時東扒西走的母親，大概也無暇顧及我的青春浪漫記憶，大三那年搬家，我囁嚅地問起：「啊……我的中女中制服呢？」母親淡掃一句：「帶不走，丟了！」一瞬間，我的眼淚滾了下來。失去綠衣的遺憾，總在日後談及過往時，不經意提起。

兒子維澤讀大學那年，初夏五月，我的生日，郵差送來一件包裹，打開一看：是一件台中女中的綠色制服！黃昏時，那孩子遠迢迢從台北回來，送給我一張自製台中女中獎狀，生澀的應用文句寫著：「省立台中女子高級中學獎狀　本校優良畢業生王美霞同學於其工作崗位盡心盡力，戮力教職，教導無私，授業眾桃李，盡心公職。在家相夫教子，培育兒女，諄諄教誨，捨己為愛，忍受重負。育女化子，日夜顛倒。捨才女貫耳之譽，輔兒女駑鈍之資，在此頒以此狀，以資感謝。中女中好媽媽後援會　劉登和　劉維潔　劉維澤……」

記憶中的青春制服早已遺失，然而那一天，彷彿綠衣漪漪，汪汪盪盪的青春水流，又再次向我湧來。

台南高女老校服

青春時期的制服，總是珍藏每位少女如詩的記憶。我在台南女中擔任學務主任時，籌辦學校九十週年校慶，那一年商請志工團好姊妹佩諭、薰玲將志工媽媽編組，每週輪班四天，將日治及光復以來的畢業紀念冊數位化。當時翻撿舊冊找回許多珍貴的文物時，看見老學姊照片裡的制服，充滿舊情綿綿的氛圍，甚是有味。古早年代民風保守，上體育課穿著過膝的燈籠褲，每件制服的裙襬都在膝下十公分，看來很矬的造型，經過時間的洗禮，卻有一份舊情綿綿的感動。二〇一四年六月十四日林百貨再開幕時，透過台南女中校友會總幹事蕭夙雯老師的協助，找來兩位台南

女中的學生穿著一九三二年一高女、二高女的制服走秀，台南一中亦製作兩套高校制服相稱，六月十四日中正路街頭，走來的青春身影，彷彿一個美麗的年代再現，制服標誌身分光榮的年代，是充滿回憶的。

玲真工作室

大菜市繁華舊事

在我生活的城市裡，老台南的傳說及風華，與衣、與布都有牽繫。台南許多企業鉅子，以布行起家，當時民權路上布莊林立，一直蜿蜒到西門市場，西門市場人稱「大菜市」，早先有電影街電影、有小吃、更有花衫可買、可製，一片榮景，至今仍是許多人話舊尋幽的線索。然而至今，老成凋零，再加上傳統手藝蕭條，許多手工縫製西服、時裝的老師傅紛紛走入巷弄，已經很難再見「店店有大師」的盛況。現今某些老師傅，零星散落小巷弄裡。所以，像楊玲真這樣針黹不輟，而且見證西門市場起起落落的時裝工作室，在西門市場已數碩果僅存。

每天做四件裙子

玲真工作室位在西門市場大通街底金隆布莊的樓上，台南市許多茶會活動的服裝，都出自她的手藝。台南家專畢業的她，早年在一家成衣公司擔任設計打版的工作，那時，是台南成衣界的榮景，每天堆積如山的工作量，做不完的訂單，讓她的年輕歲月充滿拚命的記憶。後來，喜愛自由的玲真心想，自己開店，作息時間表就是自己的，工作室每天只要做四條裙子，就足供生活所需，人生所求不多，夠用就好！於是和好朋友春梅一起出來開店。兩個人的工作室，有明確的分工，玲真打版、設計，春梅縫製、整燙，沒想到，三十年來的生活，趕製一件又一件的新衣，每天的生活從來都不是「四條裙子」的悠閒，她笑著說：「你去開店就知道，每天的工作量之大，無法形容！」我問：「為什麼還要繼續開店呢？」玲真笑著回答：「喜歡做衣服，就捨不得放棄了！」矛盾中面對人生，卻仍然歡喜認份，這就是老台南的根性。

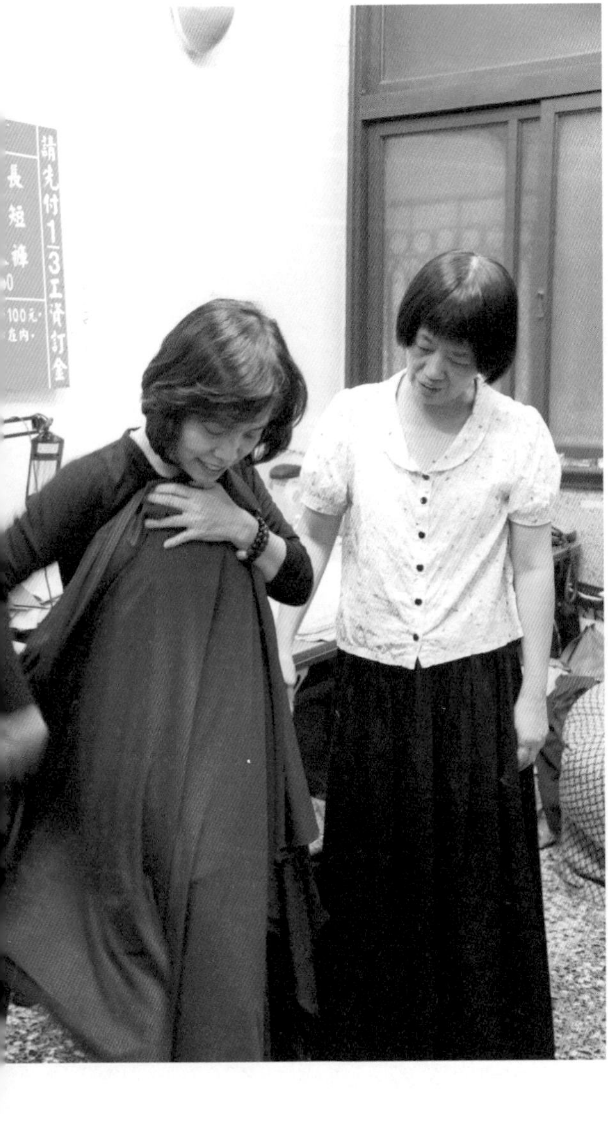
請先付1/3工資訂金

孟娜工作室

來這裡做夢吧

玲真工作室讓傳統古典含蓄婉約的夢境重現，若走出西市場來到正興街，佳佳旅店對面的孟娜工作室，就是成就激情舞台夢想的推手了。工作室負責人徐苡娜專做舞衣、服裝科成果展創意服飾，以及個人訂製禮服。

認識苡娜，從一條佛朗明歌舞開始。與台南企業葉重利執行長討論巴克禮公園「水水台南」活動開幕的表演活動時，他說：「孟娜正在製作當日需要的佛朗明歌舞裙。」我方知有人專門縫製舞台上夢的衣裳。

孟娜工作室為許多大學服裝科系的學生製作畢業創意服裝，以及舞台戲服。幾年來製作的檔案，都是一個個年輕的夢，苡娜喜歡在這間小小的工作室，聆聽服裝科系的準畢業生談他們想像中的創意服裝，年輕的創意像一雙無遠弗屆的翅膀，天有多高，就飛多遠。有一次，來自屏東科大的學生，帶著草圖告訴苡娜，她要做一件綴滿魔術方塊的搖搖裙襬，苡娜心想：這……簡直天方夜譚！正要拒絕時，那天真、充滿想像的眼神，如此晶亮，就讓她一句「不」字也說不出口，只好按照草圖縫起傳奇中的舞裙，「天哪！這是我這一輩子最『艱苦』的工程，做到自己都想哭！」苡娜指著電腦畫面敘說時，她的先生梁云譯湊過來說：「下次，不要再有下次了！我投降！」原來這件畢業成果的衣服，梁先生才是讓它得以完工的推手。

神奇夢想的委託單

電腦畫面中，綴滿魔術方塊的裙子搖曳生姿，那是苡娜幾日不眠不休的成果，敘述這個傳奇顧客時，兩人的臉上卻忘了那時艱辛，一直都是笑著的，我想燦爛得像陽光的他們，雖然口中叫苦，但是，熱愛完成不可能任務的他們，應該還是會默默收下每個神奇夢想的委託單吧！

近年來台南市幾檔有名的劇團所用的絢麗戲服，如魔幻寫實的《王子夜未眠》、歷史考據的《田川氏》、《鄭氏王朝》，都是出自她的手筆，甚至敦煌飛天舞衣，

2

3

4

1

也難不倒她，厚厚的一疊劇照，說明苡娜以燦爛的舞衣，成全文學、音樂與戲劇的浪漫。

離開孟娜時裝工作室，已是夜幕降臨，透明窗戶裡，云譯正好從大菜市買回來阿瑞意麵，百年老湯頭的意麵，配上餛飩魚丸湯，這一晚的餐食簡單而滿足，三、兩個年輕朋友還在談著他們夢想中的舞衣，云譯說：「呷飯啦、呷飯啦，邊吃邊說……」平常歲月，溫款人情，苡娜在她充滿愛的工作室裡，讓夢想細密編織，然後縫製一襲舞衣，起飛。

照片 1 ～ 7 由孟娜工作室提供

Oqliq

為自己而創作

舞衣，是夢想激情狂喜的展演，而日常生活裡，穿一件有個性的衣衫，卻是品味的開始。Oqliq 因熱愛服裝設計而出發，開創台南在地的文創品牌，設計師洪琪原是台南大學藝術系的學生，家住五妃街，古都方圓百里，她走了三十幾年，沒有離開台南，因為她越來越愛這個城市。從美術轉行做服裝，所為何來？她說「愛買衣服，喜歡美麗的衣服」是最實在的理由。由於美術設計的需求，涉獵數位化領域，因而結識林家豪。家豪原是數位工程師，他喜歡充滿創意的設計，二〇〇五年放棄年薪百萬的職業，與洪琪成為開創事業的伙伴。那時，家豪以「凹凸」（awto）為品牌，曾用中文字設計多款T恤，他說：「我們與其每天穿著別人的字母為名的衣衫，有時還不解其義，不如用自己認識的中文字來為自己發聲。」他覺得中文字更具形象之美。

用耳朵找師傅

開始以「Bilbo」為品牌時，他們放下身段，從門外漢學起，其間經歷過無數失敗，比如說，第一批成衣製造時，找到的師傅，製造的水準並不符合他們的要求，寧願放掉，忍痛重新再來！一無籌碼的人脈裡，怎麼找到好師傅呢？家豪說：「我騎車，漫無目的地逛，用我的耳朵找師傅！」「耳朵？怎麼找？」無數個晨昏，家豪騎進小巷弄，尤其是台南中正路、新美街、國華街的巷弄，他判斷，老成並未凋零，那些真正有手感的師傅，都在隱蔽的巷弄裡，沒有人指點他如何按圖索驥，那麼他就自己去找，只要哪家有縫紉機的達達聲，他就去叩門！「老天是慈愛的！」家豪說，就在有一天，他騎進福吉街聽到熟悉的裁縫機聲響，他心中一震，很驚喜也很直覺的感覺：「對了！就是這個聲音！」後來，認識了他們最重要貴人——陳大姊。陳大姊是知名品牌怡大童裝的親戚，她的打版技術一流，教會了洪琪、家豪深入的服裝知識，從她身上，兩位年輕人不僅掌握服裝的know-how，更重要的是，他們看到一位前輩無私的給予與成全。至今，只要在大陸伊蕾服裝任職打版師的陳大姊回台南，他們還是像一家人歡聚。

老天為我找路

邁向理想的路上，總是鋪滿荊棘，以台南在地的能量開發文創產品是家豪與洪琪的無限挑戰，二〇〇五年至二〇〇八年期間，他們以衣食文化開發第一波文創，以廟宇、美食的圖騰和新潮衣衫結合的產品。然而，兩年來，卻讓他們看到在地的局限性，於是，重新調整創作主題，以都會街頭、城市休閒為訴求，再度打造品牌形象，目前主打的幾款時裝品牌都獲得好評，曾在台南、北京茶館子走秀，也打進英國澳門專櫃賣場，並獲得德國IF和紅點獎，這些都是他們覺得欣慰的成就。然而，光環的背後，他們付出的辛勞，非常人所能知，這一天，熱情的家豪特別開車帶我拜訪幾位協力廠商。

灑豆一樣的協力廠商

黃昏時，我們來到安南區宋媽媽家，宋媽媽的西服製造技術讓 Oqliq 的都會風格帥氣外套亮眼成型！工作室在一家紙盒印刷廠裡，砰砰作響的印刷機與裁刀機是她每日的伴奏音樂，工作室裡拷克機、裁縫機與熨燙機一字排開，這就是她的生產工廠了。宋媽媽是勤勞的生產線，趕工時一個月要縫製六十件襯衫，如何辦到的？我只能咋舌地佩服她任勞任怨的美德。

之後，又來到海佃路達震成衣裁剪廠，三人一組的小型工廠，堆滿各色布料，老闆鄭忠雄正在運作裁刀，刀口一出，彎曲有形的布樣裁出，家豪說，那是女性蕾絲內褲的縫布，弱軟的尼龍布，裁成方正有型，所賴的是多年的運刀工夫，這家工廠接單裁剪成品都是大量製造的布匹，像 Oqliq 這樣小成品、少布匹，鄭老闆卻還願意破例接單，可見台南人真的很搏感情。

神奇的絹印工廠

離開安南區之後，來到東區，在中華北路的寶一印花場，拜訪一位讓人佩服到極點的絹印達人唐振峰老闆，我曾見識過無數絹印工廠，卻從來沒見過工作檯以及地板如此潔淨無塵的場面，唐老闆拿起一片綳好的絹印版，告訴我：「老師，你可以踩上去看看，保證不變形。」我在眾人的驚呼中跳上去試了一試，果然，被踩踏的絹版絲毫沒有變形，簡直奇蹟！老闆很得意地指著收納整齊的工具牆說：「我希望用這間廠房的SOP證明：再艱難的工作都可以很有條理、有節奏，甚至很優雅的完成它！」

廠內牆上的工具不僅一一歸位，甚至還畫上尺、刮刀、鋸子的形狀，老闆說：忙碌的時候，這些圖象可以提醒他和助手，隨時將工具歸位。他說：「只要每天用

SQUARE

一點時間養成好習慣，我就無須浪費更多時間找東西。」秩序，是成功的法則，窩居在城市一隅的這一家絹印工廠，正徹底實踐這個道理。喜歡衝浪運動的陳老闆，在辦公室裡擺滿全國衝浪比賽的得獎作品。在自由無垠的大海大浪中，他馳騁自己極速的挑戰，然而，平日收起船舨，他務實地做本分的事業，甚至，一個年輕的創業朋友數量極微的絹印委託，他也能慷慨地接單，陳老闆說：「我做得很快樂！」

Oqliq 是兩位台南在地年輕人創業的故事，他們走過二〇〇六年的經濟泡沫，與外來韓流成衣的衝擊，也忍受外國知名品牌左敲右擊的威脅，這是他們第八年的抗戰了，微薄的獲利，只夠平衡，深刻嘗遍創業維艱的奔走辛勞，眼看著當年一起投入文創的同行一一收帆斂羽，而他們卻仍在縫製、繼續織補，為的是什麼？洪琪、家豪笑著說：「是不服氣、不甘心吧！台灣或者台南應該有自己的品牌與設計，不是嗎？」

Oqliq 的洪琪與家豪以相信夢想與不服輸的勇氣，正在編織夢的衣裳。

進興刺繡

神光慈悲的衣裳

信仰，讓人懷抱著美夢努力前行，也可以讓常民安居的生活裡，有了精神依歸。台南是多信仰的所在，府城中西區大大小小廟宇七百多間，是眾神安居的神仙土地，其中，為禮讚信仰的華服：刺繡神衣，至今仍是傳統工藝的精髓。台南市自清代以來一直是傳統刺繡業的重鎮，民國五十—六十年代是台南傳統刺繡業的高峰期，繡莊主要聚集於中西區的民權路與永福路及安順地區，繡莊走精緻手工路線，其中以民權路上的繡莊歷史較悠久。刺繡的傳統工藝，舉凡轎布、八仙綵、大鐘鼓、桌裙、帳離，還有神明巡狩時遮陽的大旗，都可見得到傳統縫紉與刺繡美學，一襲神明衣，照見萬家佛光裡，那是人間最慈悲的衣裳。來到繡莊，豪邁爽朗的許昭安

主委如數家珍地談起繡莊歷史。

許主委少年時在關帝廟附近繡莊學藝，那時，學藝很苦，待遇菲薄，開始入行每個月只有五十元的薪水。「五十元！」我頓時一驚，暗忖著：那時中正路白菊美髮院，洗頭一次十五元，燙髮要價五十元，原來屈身學藝，待遇如此菲薄！後來出師了，第一份薪水三百二十元，慢慢每年調薪二十元、三十元，到了六百七十元才有師傅的身價。三年出師，十八歲就開設第一間屬於自己的繡莊。難怪許主委說，要屈得下去吃苦，才有可能出師！每天，從早上七點上工，晚上十點收工，工作量是無暝無日，眼睛、雙手只知看著針線縫來刺去，哪有休息的時間呢？所幸，有這樣的苦熬，終究讓他學會刺繡的手藝，再加上自己也有一些美術天分，就這樣從民國五十二年開店到現在，屹立將近半世紀，他的刺繡神衣，早就是全島訂製神明衣裳最有口碑的標誌。

人要衣裝，佛要金裝

台南有一句俗語：「迓媽祖百百旗，無『旗』不有！」這是當時迓神賽事的盛況，那時百行百業遊街出團，無論糕餅工會、美髮工會、工匠工會等等，都會打著

精繡的旗幟，無奇不有的賽事，引來許多看熱鬧的人潮，人潮帶動小吃，觀光產業就一起興旺了。許主委回憶說，全島風靡大家樂的時候是刺繡神衣最夯時，當時萬教齊發，群神眾舞，有石頭也拜，沒石頭也拜，生意好到訂單接不完，每天等著給神明獻衣的信徒，在店門口排得落落長！那是民國八十四—八十五年左右。

開放兩岸三通後，傳統刺繡工藝瞬間走跌、沒落，眼看同業一間間撐不下去，甚至退下刺繡的舞台，他很慶幸自己用戇力支撐許多年。十二年國教之後，最寒冷的冬天來到！至今年輕學徒一個也招不到，許主委很感慨地說，好在有兩個兒子願意回來繼承家業，否則也要熄燈號了。「想想也有一種孤單呢！那當時，只知憨憨地學，學成了一冬一冬做下去，沒想到就這樣，人老啊，時間也半百年了！每件神明衣裳，攏嘛有感情了！」

許主委從神明衣衫，做到歌仔戲服、平劇戲服，傳統的這一代，好像那衣衫上珠光晶亮的華彩，走過美好盛景。從畫樣、刺繡、綴綵，許昭安以歲月織繡，那一件件做工精細的神明衣衫，斑斕彩豔的織繡裡典藏著豐實的信仰，成為歲月供桌上最華麗莊嚴的寶像。

老人嫁妝

先攢予便的衣衫

玲真工作室裡的茶服、孟娜時裝的舞台衣、Oqliq 的新潮時尚，以及刺繡的神明衣都是台南的土地上，生之百相充滿努力的喜悅，對於台南人來說，認真活著，就可以無愧死去，因此，常民生活裡，對於死亡這件事，顯然沒有怖慄恐懼的驚怕。

我記得多年前一個清晨，婆婆從鄉下拎著小包袱來與我同住，從此展開婆媳十幾年生活的序幕。來住不久之後，我才發現，她的小包袱裡還帶著一件「長衫」，通體墨黑色的，那黑衣何時著裝？婆婆很瀟灑地說：「等阮阿娘若是過身，我隨時要穿這件衣裳去給她『爬』呢！所以先攢予便（pian7）！」（據台南民間古禮：女兒為母親送終，要穿喪服從屋外爬進去大廳，聽聞我婆婆所述，還要一邊哭喊：「阿娘依偎，阿娘依偎……」）

這件黑衫一直壓在家裡的箱櫃裡，每回收攏衣物，就是一份心驚，婆婆倒是坦然，直說：「總有一工，我嘛係會穿這衫褲去倒在材裡（材：棺木）。」婆婆生前，時常嚷著要做一件回老家的壽衣，我很忌諱，擋著不讓她裁布。

四句聯順口溜

婆婆往生多年後，有一次，到鹽水采風，鹽水老街菜市口有一攤七十幾歲老阿公的雞蛋糕，特別好吃，買了雞蛋糕，信步往街坊走去，不經意看見一間老店，名曰：「老人嫁妝」！醒目的四個大字，在風華褪去的街屋裡，特別顯眼。店門口，一位笑得像彌勒佛的老阿公，那是五叔公。五叔公是明達高中蔡忠昌校長的家族長輩，在鹽水開這家「老人嫁妝」。這條街曾經是熱鬧滾滾的門市，月津港沒落後，銷聲遁跡的老街只剩一點零星的生意，現今五叔公的店時常深幽，且鮮少人問，我們進門探望時，大喊著：「五叔公！」他倏地應門而出，還生龍活虎呢！初次見面，老人家卻好樂，看著我們，笑瞇了眼，一開口就是四句聯，落落長的唸得好溜！我們還來不及聽完，他已經中氣十足開懷大笑了！阿叔公笑咪咪的四句聯開場白說：

李
老人嫁粧
功夫鞋

「好乖、好乖，大家青春那似花，來看我這ㄟ老ㄏㄨㄟㄚ。」我也笑了：「阿叔公，我嘛是老太太溜！」他說：「黑白講，我今年九十七，肖年ㄟ不能跟我比……」來、來、來，他帶我們進入屋內，

指著一張泛黃的照片：「這是阮某啦，阮是鑽石婚溜。」照片裡，是鎮公所為兩位老人家歷久彌新的愛情所舉辦的婚紗慶典，叔公、叔婆滿佈皺紋的笑臉與浪漫瑩白的婚紗形成天長地久的見證。叔公掰著手指頭說：「你們知道，什麼是鑽石婚

嗎？十年、二十年、再十……」他算糊塗了，哈哈大笑說：「反正，很多年了啦，不簡單勒，還頒獎呦！」常民的喜悅，常民的知足，常民的可愛，如此而已！

肩膀扛來的生意

叔公李再興和這間老店有著八十幾年的感情，叔公的父親李新福在日治時期當保正，在老店的二樓至今仍保存一張百年照片，那是擔任公職的李老先生穿著官服的威儀。這家百年老店自日治時期就開張了，那時販賣生活雜貨，掃把、畚箕、棕簑等等，光復後，政府規定同一條商街不能開設兩間同質性的店家，於是，召集老街的店家開會、抓鬮，那時，李新福沒有抽到開百貨店的權利，只好改開布莊，沒想到當時月津港商船往來頻繁，藝旦間林立，知名藝旦的穿著成為鹽水士紳家的太太、小姐爭相仿效的款式，老街布店的貨源供不應求，生意十分興隆。叔公回憶年輕時，時常取布於台南、鹽水間，那時，要在鹽水國小搭乘糖廠的「五分仔火車」去台南城，從火車站走路到民權路批貨，然後成捆帶回去，那時每一疋布都是用肩膀扛回來，一直到了民國五十年左右，第一家貨運「新竹客運」開始有了鹽水路線，才免去扛負、搬運的勞苦。

笑看人生幾多事

李新福老先生去世後，店面由李再生、李再傳兄弟繼承，當時店面分割成兩爿，右爿是李再生的布店，左爿是李再興的百貨，各做各的生意，井水不犯河水，兩邊生意都做很大！我很好奇地問：「兩爿店面沒有隔間嗎？」叔公說：「啊，三八啦！打虎捉賊親兄弟，兄弟做伙打拚，怎會計較呢？兄弟還同一個鍋灶吃飯呢！」那時，整店內將近三十人一起生活、吃三餐，想來也真是奇蹟了。

之後，兄長身故，店面收歸叔公經營。月津港沒落後，人潮市景瞬間散去，布莊的布頭一尺也賣不出去，於是改做壽衣，傳統民間習俗中有添壽衣的慣例，也有女兒為父母親準備臨終壽服的習俗，這些，都讓老布店滯銷的陳年老布有了去處。當時，一套壽衣、壽鞋，大約要價五十元，積少成多也讓店面得以支拄生計。那時，叔公為了招徠客人，就在店門口用「四句聯」、流行歌曲印成一張張的歌仔冊，然後大聲唱給過路的人聽，幾年下來，叔公的腦海裡背誦了許多名言、歌冊，至今還能朗朗上口。店名「老人嫁妝」是叔公的發想，叔公看盡人事浮沉，許多生活哲學盡在不言中，「人生，坦然活著，安然往生，不用悲氣感傷，有空來坐，一份歡喜的老嫁妝，『攏總攢(tshuan5)予伊好勢』（準備好），才是實在！」

一襲壽衣了人生

天性達觀的五叔公，從十三歲父親去世就開始守著這間店，悠悠忽忽八十幾個年頭過去了，年歲老舊的店，沽售往生時最莊嚴的行頭，看盡每位告別塵世的長者，臨終的眼，挑選了金雕繡鏤的官帽華服，一顆抹額上的明珠，一雙牡丹富貴的鞋，然後隨塵土，了（ㄌㄧㄠˇ）了，年年歲歲，歲歲年年，五叔公在想什麼呢？

五叔公是了不起的，因為，什麼也沒說的他，把一切滾滾長江東逝水似的感嘆，化做生活裡的達觀，像彌勒一樣地扎實地活著，十年無怨，百年無礙，萍水相逢滿面歡喜唱歌給我們聽。

我聽得入迷，啊，五叔公的歌真好聽！

衣裾風華

水雲風起，絕美諸相

生活的能量在土地上，就是一派隨天地流轉的氣象，年過九旬的叔公懂得，年輕的生命也契合摸索。後生可畏的年輕活力，在今年十二月六日老古蹟武德殿舉辦時尚走秀中更是展現無遺。整場走秀中，古色的風華、新生的創意豐富寫就，在地服裝設計師康月足以充滿禪趣的氛圍設計五款台南印象的衣衫，我為她所書寫的文案是：

台南，源於水，起於風，湧成雲，眾生皆見絕美諸相。
水，是流動的禪，與水共生，城市一派親和圓融。

雲，是自由明朗的寬闊，徐緩和詳敘說台南自在的氣象。
風，喚起湧動的能量，看見未來，讓夢想隨風飛翔。
色，是土地成長的眾生，豐收的柿赭與金黃寫就豐收的顏彩。
相，老城用歷史人文寫成圖騰，眾生有情，都見慈眉善目的喜悅。

我所言詮，是衣服，也是我生活的城市——台南。

彩袖殷勤舞桃花

二〇一四年十二月，南方講堂秋冬季課程講授「文學與戲曲・長生殿」時，音樂家陳慶隆老師特來襄助一曲〈霓裳舞衣曲〉，堂堂大曲，宛轉跌宕，聽得唐代風華大度的氣象，襄琴之外，陳慶隆老師還展示一襲霓裳舞衣，那是一件小袖禮服，衣身以精工金線織出一隻隻飛翔鶴鳥，銀白的羽翮，有乘風歸去的輕盈。那一日，茶屋裡盈滿「七月七日長生殿，夜半無人私語時」的繾綣情思，而一襲霓裳舞衣彷彿也穿越時空，讓我們看見衣服與浪漫的相遇。

而今想來，絲絲縷縷衣服的記憶，竟都是燦亮的霓裳舞衣，蹁躚行遍，我檢點

衣裙，「彩袖殷勤捧玉鍾，當年拼卻醉顏紅。舞低楊柳樓心月，歌盡桃花扇底風」。飛鴻雪泥的痕爪停留在不滅的時空長廊，再回首，母親轂轂的縫紉機車聲還在，再回首，屬於女工蒼白卻又美好的笑淚依舊，裹著歲月的衣裳，我來一字一句溫暖縫織。

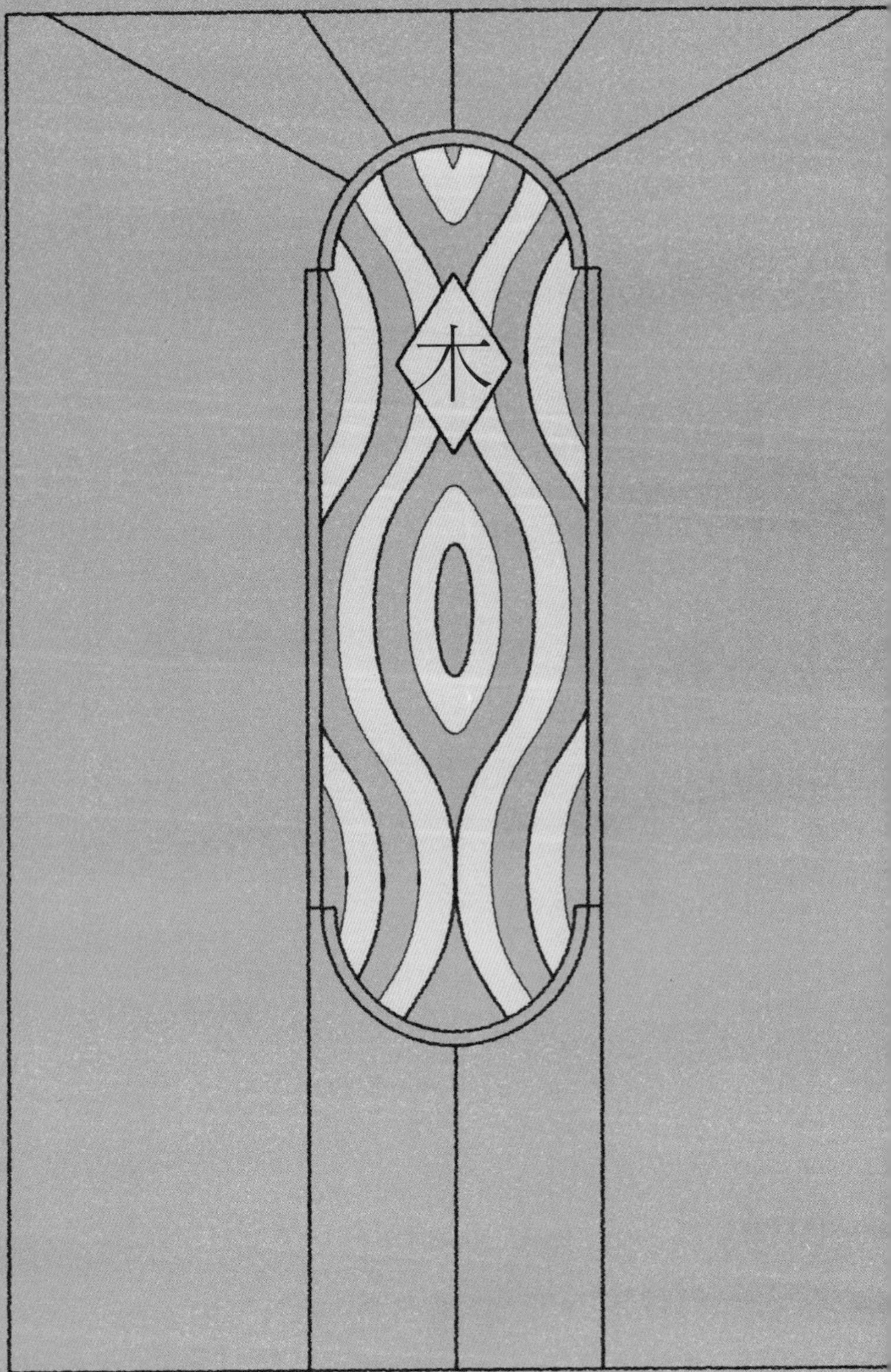
木

我的木匠爸爸

誰是老班公

自我省知人事，有一種香，便如影隨形在我生命裡，那是檜木香、樟木香、楠木香以及許多木材在刨刀掀起細皮時，散發的氣味！忘不了，因為我是木匠的女兒。在我的記憶裡，還有一尊黑面的神祇，端坐我家神龕，日日三杯水的清供，是我時常輪值的功課，國中之後，我才弄明白，那位「老班公」，其實應該稱作「魯班」，祂就是公輸般。

父親是從事室內裝潢，工作量有大小月，旺季時，我們常被吆喝拿著砂紙磨櫥櫃、桌椅，或者見本櫥，幫忙趕件，是木工女兒的本分。在木作工廠裡，有許多神奇的器具，小時候工廠像是我的遊樂場，家裡的師傅十幾位，會逗我們玩，我對於工廠裡高掛的墨斗最好奇，因為在木匠行當裡，能捧墨斗的，是最受人尊敬的師傅，或者老闆，而且，墨斗拉出來的墨線，一彈！就是筆直的線條，小師傅們要遵照這條直線裁木板，墨斗，簡直有定天下的氣派！我時常妄想可以把玩那隻墨斗，直到有一天，父親不在工廠，我拔下那隻墨斗，將工廠的地板彈出縱橫一片的條條黑線，啊！那時的快樂，換來一陣毒打！但是，我真懷念當時捧著墨斗的興奮。

教書時，我告訴學生「帶規矩而蹈繩墨」的意義，但是，沒有見過墨斗的學生們，焉知那繩墨的真義呢？

木匠工廠加班的日子，時常會煮好吃的消夜，印象中有一次夜裡，我已然睡去，但是，蚵仔麵線香噴噴的氣味，讓我醒來，睜開矇矓睡眼，我想下樓吃食，卻看見睡在我身邊的二姊，腰身上裹著一條銀白色的腰帶，我揉一揉惺忪的睡眼，驚嚇地發現那條「腰帶」正在徐緩地滑動，原來，那是一條銀白色的蛇，牠幽幽暗暗地滑出陽台，然後，不見了，當時，我軟弱地爬不起來，也動不了，蛇的印象一直在我成長之後仍然出現，我的木匠爸爸生肖屬蛇，對於他，我的害怕一如那夜的蛇信！

Yesterday Once More

國中時，家業破敗，原因是一夕暴富，從事木工的父親，迷路了。六〇年代是台灣經濟飛黃騰達的時期，室內裝潢當時是暴利，父親承包台中遠東百貨整棟樓的裝潢，那時，轉發包的下游的廠商日日到家中送禮、喫茶。不久之後，我和母親時常在半夜到台中大酒店尋找夜不歸營的父親，沉淪的父親最後在承包桃園中信大酒家時，事業垮了。家裡的工廠尚未被法院拍賣前，母親將它改成養雞場，養雞是很苦的差事，記憶中的寒冬，我和母親推著沉重的雞糞車，步履艱難地送去買主家，「去哪裡呢？」路很遠，母親不敢告訴我，我只能忍著寒風侵襲，邁力地推向沒有盡頭的目標，路上低著頭的我，深怕被同學認出來，母親說：「走過去就好、走過去就好！」但是，我生命中最苦難的日子，那時才剛開始。

第二年冬天，工廠被拍賣了，小小的心靈對於這間木作坊充滿不捨，我獨自去到荒蕪的廠房，幾落尚未裁刨的木頭堆疊在陰暗的角落，無意中，我順勢推開木料，幾尾冬眠的蛇，糾纏翻滾，然後濕滑蠕動著，在我尚未發出驚聲尖叫前，牠們像鬼魅般，滑出我的視線了。

搬離老家幾年後，我再回去舊址，原來的木作工廠蓋了七棟大樓，嗜賭的父親時常說，那是他最失算的財產，為了贏回這間木作工廠，他繼續將一生豪賭、典當。

年輕的我，很喜歡木匠兄妹（The Carpenters）的歌，理查·卡本特和凱倫·卡本特的〈Yesterday Once More〉（昨日重現）常讓我流淚，父親帶給我們苦難，我倔強地不願想起，直到我學會「寬容，比愛更強悍」之後，我才承認：「是的，他是我的木匠爸爸。」

永川大轎

那永恆的木頭香

走進神農街，街頭飄香的檜木、樟木味，讓人彷彿回到古樸的時空裡，搖曳著慢慢散步的心情，用眼睛蒐尋舊情綿綿的紋路。我喜歡檜木香，來自於木匠家庭的嗅覺訓練。永川大轎的門板，木雕滄桑，歷史的圖騰，讓人憶起北勢街商旅繁華的盛景，過去的華光此刻依然覺得如此親切。在台南府城迎迓神明、神轎搖搖的盛況裡，十頂神轎有九頂出自永川神轎的手工製作，永川神轎因此更是風華中的燦爛華光。

永川伯，民國二十一年出生，父親王西海是從事頂下桌的木工師父，耳濡目染下，他投入木工這行，靠著自己的摸索，無師自通從事神轎製作。從事神轎雕刻超

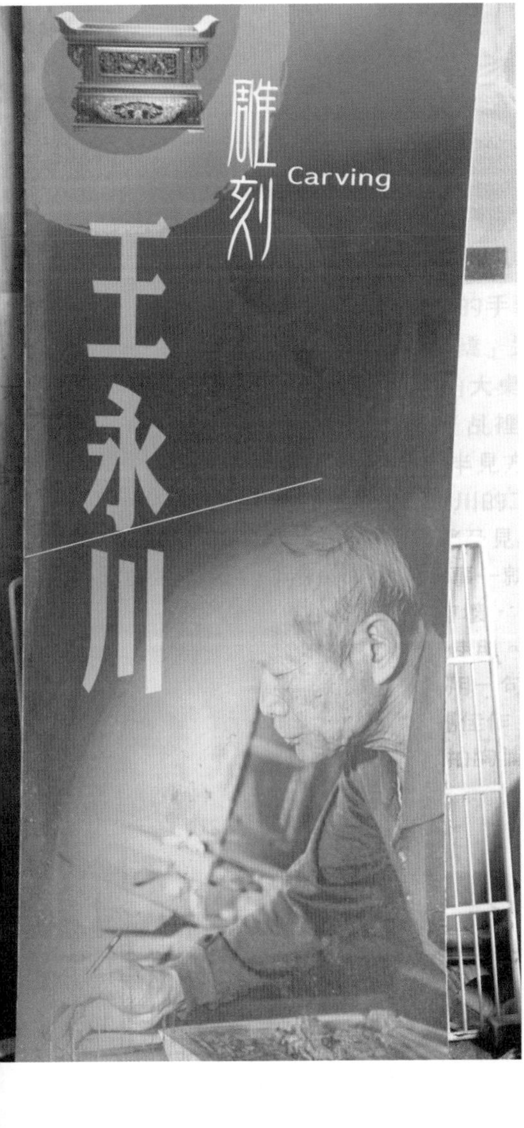
雕刻
Carving
王永川

永續傳
永川工藝雕刻室

過七十年的永川伯，桃李滿天下，府城所有製作神轎的師傅，都是他一手調教，他精湛手藝也得到第十五屆薪傳獎的殊榮。

八十四歲的永川伯回憶當時做神轎的動機，他說：「小時候生活過得很苦，只是單純地想做木工賺點錢，可以讓阿母過好日子。」簡單的年代裡，孝順的心，就這樣走入神轎的世界超過一甲子歲月，至今仍然在工廠裡發落工作，他說：「捨不得一世人的技術就這樣沒了，所以，要把傳統藝術教給下一代。」

一則以喜，一則以憂

洪子淵二十五歲入行學做木工，現已進入第十一年，永川伯說：這外孫了不起，學得快！技法精湛已經出師了，言談中，有無比欣慰。子淵說，當時會投入這工作，也是因為父親在神轎工廠工作，從小，對木工就不陌生，接受它、喜愛它也就很自然。他用有系統的方式記錄神轎的工序，也會記錄神轎上的圖案、工法及比較特殊的成品，他以完成藝術的心態讓每頂神轎都能完美成形。子淵特別提到，現在製作神轎有更豐富的表現款式，比如說彩獅的雕刻，有的就採取傳統張嘴含珠的圖案，有些則是在動作上更誇張，線條變化更活潑，所以，神轎的製作在某個層面

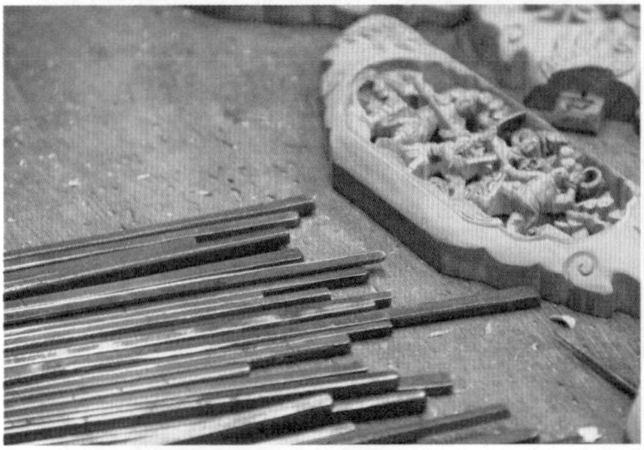

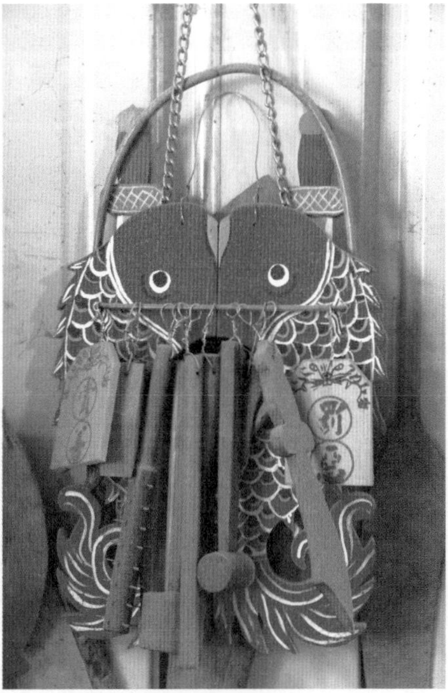

上，也是要與時俱進的。

兩年前，沉寂多年的神轎工廠，開始有一、兩位年輕人來學製作工序，又加上外孫洪子淵繼承學習，永川伯稍見寬心。但是，四個月前，神農街四十九號的二樓樓板坍塌，砸下來的土塊，差點砸傷正在雕刻的老師傅，於是，工廠只好遷到神農街尾。永川伯憂心忡忡地帶我走進那棟百年老屋，前廳破洞，用木板撐著，踩踏百年的木梯，黝黑破敗，中庭裡破瓦敗木覆蓋一口老井，神農街街屋裡，每家都有一口這樣的井，通道間還有一座龜裂的百年老灶，永川伯說：「我們在這裡煮大鍋飯給師傅們吃，也炊煮了半世紀以上！」後屋，有五位雕刻師傅，在闃暗的排桌上雕刻，過了後屋，牆柱已經朽爛，簡直是無可挽救的頹圮。永川伯和我走一遭，嘴裡一直咕噥著：「嘸甘啦、嘸甘這間屋舍若是倒下去怎麼辦？」

百年的滄桑已過，人事的記憶可能歷久彌新，而畫廊金粉半零星的傾頹，該如何處理呢？陪著永川伯看他心愛的老屋，我的心情也隨之感傷了！

永川伯說，三十年前，一頂神轎的製作費用是兩萬，現今每頂是六十萬，手工的作品越來越珍貴，許多廟寺都以典藏的心態收集神轎，這一行業，在科技化的時代裡，是藝術，也是文化，希望神轎木工技法可以薪火相傳，永續傳承。

老神堂

從初胚入手

台南是充滿生命信仰的所在，民間的信仰安在，因此神明也有了故鄉。早期的刺繡、神轎等傳統店家，至今仍然聚集，而神像木雕家，更是府城的傳統藝術精華。在王仕吉的老神堂，不僅可以窺見傳統雕刻，也能透過木雕與現代藝術對話。

一九八五年，國中畢業二十天，王仕吉就離開雲林家鄉，跟隨二哥到艋舺加蚋學雕刻，從初胚入手，學習最難的工序，王仕吉一輩子都喜歡挑戰高難度的作品。當時雕刻神佛像的學徒，從磨砂紙、打底漆，要兩、三年才會拿到刀，摸到刀之後，要先練習磨刀，當時磨刀磨到手皮破裂，直到流血出來才知道痛，但是，王仕吉說那段很乏味的過程是訓練自我的耐力，當下或許不明白箇中真味，但時間久了就會累積自己的能力。

在台北期間，是台灣佛像雕刻的黃金期，他曾有一時風光，享受日進萬元的好日子，也曾讓他富裕且迷失過，直到大陸機器化的神像搶灘台灣市場之後，神像雕刻業從經濟高峰到景氣凋零，工作機會越來越少，王仕吉在三十歲那年來到了台南。

學徒的艱辛歲月，一窮二白的拮据生活，他都經歷過，但是，他很坦然地回頭觀看這些歷程，王仕吉說：「每個過程都有養分，也是有因緣的。」。

探索幽微的心相

在工作室裡，與王仕吉談人生，他最喜歡引朱銘的一首題詞：「地獄在人間，人間有天堂。問君何處去，但憑一念間。」他指著牆上的書法說：「凡間有三界，人神鬼無定，自問身何處，只求有向陽。」所以，人要往光明處看。他的創作因此也富涵人生的體悟。比如他剛完成的一尊相撲武士單腳站立的雕塑，站立的單腿，撐著過度肥胖的身軀，現代感十足的雕塑與神像並立，其實很有寓意，王仕吉說：「這不就是人生嗎？」我們時時刻刻都在支撐著沉重的責任，但是，這樣的人生是

凡間有三界
人神鬼無定
自向身何處
只求有向陽

很有能量的，就像在相撲好手的身上，可以看見充滿強大生命力的感覺。

王仕吉的第一件創作是一九九八年的〈探索〉，那是他內心想法的有形相，雕刻一位小孩，小孩踮高小腳，去窺探一個花瓶，就像人類隱藏的好奇心，花瓶的造型傾斜，彷彿人生在探索過程中的危險、不定性。店裡得獎的作品：〈上學去〉，也是一個概念性的表達，揹著書包、提著沉重袋子就像人生的包袱，但是，每個人都有包袱，還是要勇敢往前走！

把不要的拿掉

神像的雕刻有粧佛、選材、初胚、修光、開臉、錦雕、上彩等步驟，個個都是學問，王仕吉說：「學習技法時，能苦、能難，那麼就會學得別人沒有學到的，

那你就多人家一點技能，多那一點就太可貴了。」他對於雕刻技術的體悟是：「把不要的拿掉，就可以了。」運刀，是雕刻的精細竅門，刀如何使用，平刀修整直線，彎刀產生線條輕重，拿捏如何？運用多少技巧？多少力氣？每個工作環節都有

「道」，刀法運用甚至會呈現作者的性格。他說：「工作同時，我想到自我內心的神像，心神所至，每個作品的美就與我息息相關。」

在工作室裡，有幾支退休的工具，王仕吉將它們放在神龕上，而且工整地書寫此雕刻刀「退休」的年月日，他說：「這是曾經為我貢獻的愛將！」他認為刀是雕刻師的員工，因此，在他創作時，最大的樂趣就是享受在工作檯上調兵遣將的佈局，「我派每一把刀去雕刻最適合的部位與線條，就像派專業人士去執行業務一樣！我將雕刻看作是一件偉大的事業！」古人說：「工欲善其事，必先利其器」，王仕吉所做不僅如此，他更是以尊重職人的態度，看待手上的雕刻刀。

出腳入腳看人生

雕刻佛像多年，王仕吉也以此了悟人生，他說：「出腳，點對了，人事就安穩，入腳，角度要好，神明才會舒適！」他也以這樣的哲學看待舉手投足的每一步。因此，端坐老神堂，他可是老神在在，像哲學家，在創作的領域中不斷反問自己中心思想及人生價值，他也期許未來，「用我個人有限力量，創作作品無限的內容！」

阿水動手 mizu.houying

他來自江湖

「阿水，是我們這一個木工領域中的傳奇。」幾位投入木作的年輕朋友這樣說他。

循著長榮路巷弄，先找浮游咖啡，再找一二三冰城，然後，竟迷路了。摸索許久之後，才在一個不起眼的鐵皮屋下，看到「阿水」。真的，如其人——樸實自然的氣味。和阿水談話，他不定義，也不浮華，說話實在到沒有修飾，他總說：「做這個木工很簡單！」或者：「我沒有風格啦！」

在下營生長，來自鄉野，他的生命有著野性與自由，鄉下孩子生長的環境使然，他必須自求多福，所以，「手作」這件事，是自然而然的生存本事。高中後，到台北當過一段專職攝影，那時，是台灣《人間》攝影蓬勃的年代，他翻開黑白照片創作，仍然有一份自我滿意的表情。自由發展的年輕時光，他也創作詩句、札記，可說是一位多棲創作者。

原名李俊聲的他，名叫「阿水」，稱謂何來？阿水笑著說，拜周星馳所賜啦！那時流行一齣港劇，裡面有三個主角阿水、天哥、明太太，他和三位好友便以此戲稱彼此，因為好玩、好記，又好叫！所以，從此；「請叫我阿水就可以了！」

華燈與兵工廠

三十歲左右，阿水決定回到台南，剛結束台北攝影展，他在文化中心自己擺攤位銷售攝影集，阿水得意地說：「還賣得不錯呢！」回台南時先在東寧路南一中宿舍附近做雕刻、畫畫、攝影，以及協助華燈藝術中心的團隊。

華燈的話題，讓我們一時跌入九〇年代的老台南。華燈藝術中心的紀寒竹神父來台三十五年，一九八〇年在台南成立華燈藝術中心，運用電影、音樂、攝影、詩歌及戲劇與年輕人交流，紀神父推動藝術文化不遺餘力。當年，貧瘠的台南藝文，華燈是難得的光亮，我們在此取暖。那時，我曾經為台南市高中生辦理幾次電影營，紀寒竹神父破例借我研習場地（當時華燈不為十八歲以下的民眾提供活動）。那時兵工廠ＰＵＢ的杜美與梁弘也是夥在一起的好朋友，沒想到，阿水的交集，也在這裡！談話至此，我遙想那個年代呵，有些戀戀與惆悵！一九九七年六月「華燈劇團」正式更名為「台南人劇團」，蓬勃發展至今。另外，一九九三年華燈布袋戲實驗劇團是小玉泉布袋戲團的前身，紀神父以及華燈對於台南藝文有鐫誌的意義。

阿水說，在台南的文化人活動裡，他是一個自由自在的點，不歸屬於哪個團體，我覺得他的角色，一直都是觀看的眼睛。

細節統治一切

水哥的創作也是用這樣的眼睛窺探內在思考脈絡的吧。他喜歡使用零碎被遺棄的木頭創作，看似無物的東西，經他的手作，慢慢拼組成藝術品，作品中，有太多再生元素，因此可以反覆審視，甚至能在紋理中看見他全心全意打磨、修飾的用心。他說：「把木頭用到不能再用，是我的原則。」他喜歡挑戰難度，甚至創作過瓦特型氣動引擎，他不將委託案當成是生意，而是讓每一件木作承載他的意志。他創作至今有二〇〇五年全國木雕創作比賽複合媒材類第二名《無緣無故的心情》以及

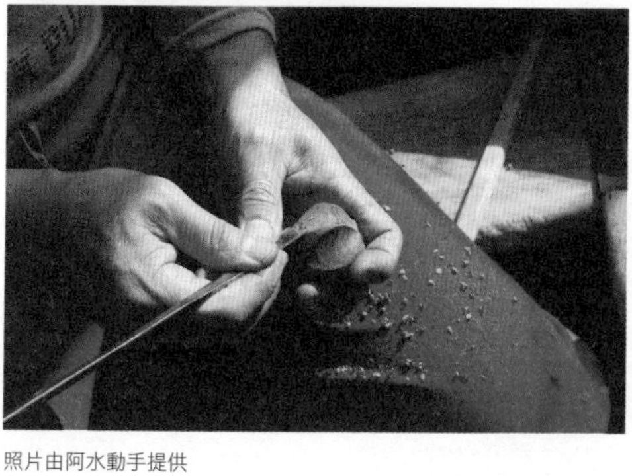

照片由阿水動手提供

第八屆裕隆木雕金質獎最佳美學獎的《腳》，都是讓人喜愛的作品。

創作直到老去

做了十五年的木工，想做什麼，就做什麼，做木工技巧不是問題，阿水覺得如何將概念成形才是最困難的。對於創作，他果真流盪如水，自在不拘，他說：「做相同的東西，頂多十件，我會厭倦，然後再尋求創新。」因此，對於未來，沒有設想，創作素材及主題，不一定，他說：「也許，又回去拍照！」

談起創作與生計，阿水一派輕鬆、爽朗地大笑說：「窮習慣了，就不是難事，哈哈！」窮不是壞事，只是兩袖清風，當年進到這個木作領域，就知道自己不是為了錢，窮不是很重要，但是，現在每天工作，「讓意志能執行，這非常重要！」

在他的工廠裡，每塊零星的木頭，無論大小，都像寶貝一樣被玻璃罐收藏著，木料，也以不同尺寸分區收整，即使用剩的木屑也裝罐安放，工廠裡高高低低掛著物料，阿水的工廠，是木料安穩的家，它們個個像寶寶般窩在平靜的搖籃裡。

堅持想做，做自己熱愛的事是很好的，所以他說：「我會創作，一直到老去！」阿水曾在一件作品裡寫道：「曬冬陽，手暖了，作品也暖了。」在這間木作工廠，他珍惜當下的選擇，面對它，並且執行生命中最重要的事，那就是：一步一敲印，讓如此美麗，盡收眼底。

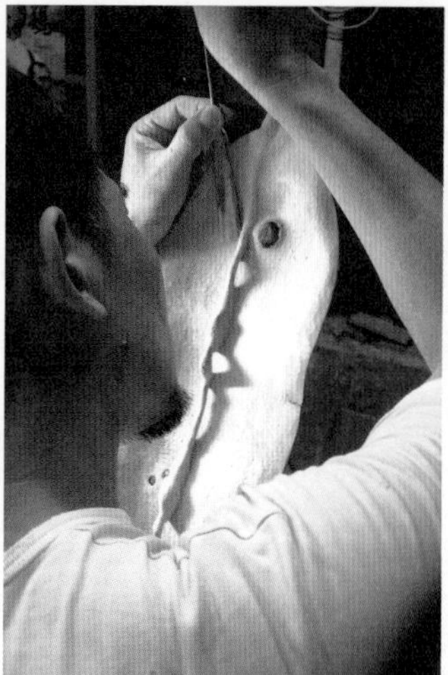

木府 Keefü wood studio

藍色大門的背後

木府，隱身在開元路的巷弄，彎曲巷弄裡，門扉是法國藍，經過的路人，總會側目，那門扉緊掩，彷彿遺世獨立的隱者，門後，黃銘德時常工作著。

木府，在二〇一三年四月一日成立，選擇隱藏在台南的巷弄，製作實木家具，樸實且寧靜的環境，一如阿銘木作的風格。二〇〇六年離開台北，選擇台南，從人口密度高的城市移動到人口密度低的城市，多年來，他待過旅行社、經濟日報國外部門、廣告設計，近年以網路互動式行銷為主業，行銷黑橋牌、松村、明新麵包等傳統老店產品。真正開始做木工是一年前的事，當時毅然決然停掉民宿，才能真正做創作，手作是傳統產業，因此在追求創新的作法時，骨子裡卻有對傳統的堅持，阿銘喜歡設計有風格的家具，他覺得家具是與人生活連結性最強的物件，是空間的靈魂，因此他喜歡創造客製化的家具，有為客人依自家客廳需求總長二一〇公分的King Size 長沙發，有尼斯搖椅 Nessie Rocking Chair「經典款」，有楓木結合胡桃木，搭配素雅青花瓷的小藏桌，也有將實木抽屜面板崁入黃銅手柄的電腦工作桌，他的作品風格性很強，近於北歐極簡風格。

Less is more

阿銘目前住家是台南老一輩建築師王秀蓮女士所建造，第一任屋主是白世維，黃埔軍校正七期畢業，台南第一任警察局局長，屋後幾間樓房當時是白家的花園，物換星移，現在只剩下目前屋宅主體，兩落房屋明亮光敞。後屋是收藏展示間，裡頭的家具全是丹麥的設計產品，每件作品的曲線及工法都是完美比例的呈現，舒適完善，美不勝收。

黃銘德專收一九五〇到一九六〇年代的丹麥家具，那是工藝復興的年代，工法十分精緻，創作家都有自己認證的符碼，值得學習，而且，丹麥家具不論在哪個國家都是一樣價錢，這些家具的價值不斐，因此，阿銘才想：也許自己也可以試著做

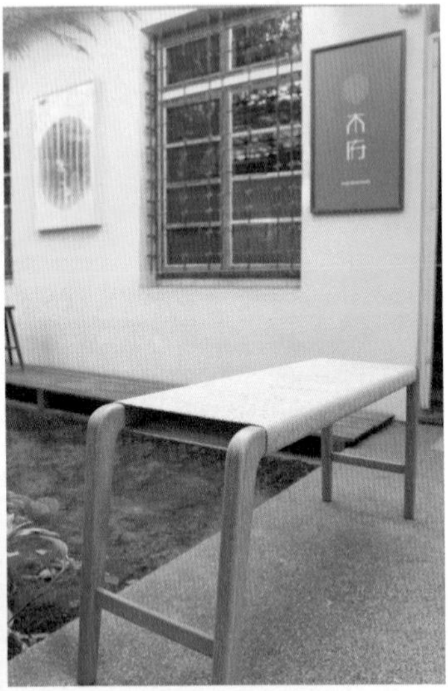
木府

做看，所以，從此投入木作的天地裡。目前他身在台南，卻是手作北歐風格，客製化量身訂做的尺寸，並且堅持不做複製品，不做不屬於自己風格的東西，換言之，就是不做那些與自我認同的DNA不一樣的產品。阿銘覺得國外的文創是更便民的產品，價格是舒適的，常民化的，台灣的文創好像被寵壞的孩子，要價太高，那不是好現象，他希望可以創造真正便民、文創的好作品。

寧靜的霸氣

六十八年次的阿銘，來台南九年，心情已是收斂狂飆輕狂的狀態，因此，選擇潛居與閉關創作好像是很自然的路，他做事是很專一堅持的，所以，每天四至五小時看國外設計經典，特別是學習北歐家具的工法，堅持用榫接，不打釘子、鳩尾榫、實木創作，溫潤手感的木作，在觀賞他的作品的當下，讓人彷彿進入禪思的淨化世界。阿銘說：「我喜歡現在的生活，不喜歡過於偽京都的台南。」

他身處台南，但訂單百分之八十都從台北而來，他說：「我的朋友都覺得台南很浪漫，可愛的台南，容易讓人變懶散，但是，我接的都是台北的訂單，所以，懶散不下來了。」選擇台南只是因為選擇人口密度少的地方，專一從事自己的創作，台南，不是他創作的元素，但一定是他喜愛生活的地方。

在木府的工作坊門口，有一幅對聯：「木中悟人小神童，府城巨匠放光銘」，橫批「天下無敵」，那是阿水動手的阿水嫂林怡琳的書法，阿銘說：「決定投入做家具之前，曾評估值不值得投入，後來，我評估過自己想做的風格，沒有人做過，我可以走出不一樣的天空，然後，我就完全投入！」我想，阿銘雖深居簡出，窩於巷弄創作，但在言談間，他則顯現寧靜的霸氣，確實，有橫掃千軍之勢了。

木子到森 MoziDozen

木頭寫出的情詩

從孔廟大門，順著府中街走去，穿過開山路，右邊小窄巷弄，標示著一二三巷，然後沿著彎曲斜徑走入，你會先看到順風號，再往前幾步，白色的鐵窗交錯有致，屋門寫個小小的訊號：木子到森，整個房舍的風格，簡單低調。李易達，木作簽名的字樣：MoziDozen。Mozi 是木子李的木子音譯，Dozen 是「一打」，和「易達」諧音相似，讀機械和模具出身的他，轉入木作是出自於興趣。

對於李易達的深度好奇是從一個桌燈作品開始。小夜燈，通體圓融的線條，造型像一個很惹人去按的小扁頭，也像是一隻精靈，按一下它就會發光，不用電線，通體順溜，安全而且淨麗。後來我才知道易達這個夜燈的創作是為了正在懷孕的妻子，夜晚起來時，可以隨手按下，就有光亮照明，光線柔和的LED燈，是充滿愛的作品，彷彿演繹著木頭的情詩。

沒有一棵樹因此倒下來

二〇〇七年的冬天，李易達在高雄自家的空間開始木作工坊。二〇一〇年的春天來到台南的老房子住了下來，剛開始在北園街，後來轉到現今府前路小巷弄裡。他喜歡木作，因此收集各地的老木頭，用具有歷史記憶的木料創作，老木頭的

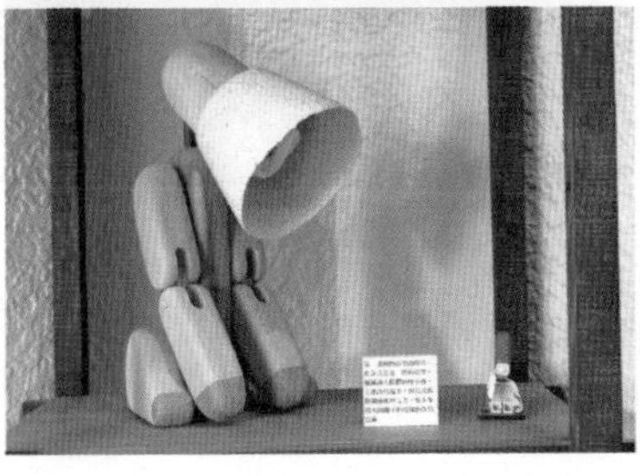

木子到森 / Mozi Dozen
2009年8月開始這旅程，
由李易達一人獨立創立，緣起也由他開始。
李 / 木子 / Mozi，易達 / 一打 / Dozen / 到森。
2010年5月創作及生活遷至台南，與舊木料相遇，
開始與木頭產生緊密的互動，
不再使用沒被使用過的木頭，
從被使用過的木料中學習，同時也在它們身上創作，
賦予它們新的生命和樣貌。
至今，每一件作品都來自我們手中，
把對於生活的感受，透過木頭將精神注入其中，
期待能經由作品，將溫暖帶進每個人的生活裡。
堅持實用性，
經過手作，我們能將作品不斷的修正與進化。
由於手作，每一件作品在製作的過程中，都被獨立看待。
我們將生活及創作融為一體，
透過作品體現出我們對於生活的態度，
期待你 用心閱讀我們的作品。

SUSAN SONTAG

81
MoziDozen

肌理，以及優秀木質烙印著深刻的情感，易達一直都喜歡舊木料，尤其是檸檬香檜木，在整理的瞬間，看見木紋毫無保留地顯露的那一刻，他都有深刻的感動，鉋除舊漆面的過程讓木料新生，並重新創作，木作因此也呈現技法與藝術之間的平衡。易達說：「不希望有任何一棵樹因為我的創作而倒下。」這是Dozen從遇見舊木料後，一直堅持的信念。

工作室另一個堅持的信念則是：親手作。手作雖然很辛苦，但是在創作研發的過程，易達卻體會到科技和工業無法取代的職人精神，雙手的觸摸與心智的執著讓手作成品滿載「人」的元素，堅持以自己的手工製作，讓每件作品具有生命力，成就了每個創作的「真實感」，所以，因為這份堅持，木子到森入選Shopping Design雜誌推薦的二〇一三年最佳創作職人。而且，在日本京都夷川通上收集歐洲老件的店家「BROWN」也因為喜歡Dozen的設計，和易達交換了Dozen的筆。

蘑菇燈裡爸爸的愛

在創作的路上，易達強調自己是「親手作家」，他並不刻意使用「設計」這兩字，而把重點放在「親手」傳達情感的動作上，他一直都抱著一顆學習的心，不斷

精進，給予家人的愛，使他的木作，有最溫暖的呈現。在工作室裡，易達很有耐心地介紹他的蘑菇燈，燈座使用三個ＡＡ電池，光源是ＬＥＤ，不發熱也省電，將木製石頭放在任一個角落發光，就可以等待蘑菇慢慢甦醒發亮，拿起石頭，蘑菇就會慢慢睡著，這是為女兒設計的禮物，他希望女兒能趕快長大陪老爸疊石頭。

他也曾經利用斑駁的舊木料設計張大嘴吐出舌頭的恐龍，舌頭是調光的開關，開燈時需要鼓起勇氣伸手進恐龍的嘴巴裡，藉此可以訓練孩子的勇氣，在他的作品裡，彷彿都看到一份爸爸的慈愛，他是用木頭呵護生活的人。

在木子到森的民宿裡，這份愛依然被看到，民宿日誌裡說：「很堅持要光著腳踩在地板掃地，這樣才能知道地板踩起來是什麼感覺。很堅持洗好棉被要經過日曬，這樣蓋起來才會有陽光的味道，曬的時候一定要整齊地晾好，這其中包含了對待來住宿旅人的尊重。」那份收納陽光與微笑的用心讓許多人體會時間的痕跡與生活的感情，台南，就是這樣慢慢地、舒適地，感知一草一木裡有你、有我。

木子到森的愛，很簡單，但是總有靜靜地曬著陽光般的溫暖。

慢慢鳩生活木作

舞踏另類人生

「我算是嫁到台南的高雄人！」在神農街「慢慢鳩」的咖啡香裡，和劉烽談話，話語溫和舒緩的他，一開頭竟給我這一句很爆點的話！可見，他是喜歡台南的。

十九歲時，因為哥哥做劇團的燈光設計，耳濡目染使得他開始在高雄南風劇團、差事劇團等小劇團幫忙做劇場的木工，後來去台北發展，當時劇團裡需要一位男舞者，他便跟著日本人莉香老師學舞踏，兩個月一對一的教學以及他在黃蝶南天舞踏團中演出舞踏的經驗，讓他體會藝術的細節以及表現力，當時南風劇團團長陳蘭，都是做在地故事、社區的人文，使他發現藝術原來很吸引人，而且很有能量。

二〇〇七年劉烽來台南，剛開始在永康的車庫裡做木工工作室，他喜歡老木頭

2008
開
課

的再利用，使用老木頭是為了減少浪費，而且讓瑕疵變成優點，瑕疵被保留，有歲月的感覺，文化也因此被保留，劉烽說：「木頭可以在地球上生存六百年，好好使用，讓木頭享其天年，是對大自然很莊嚴的敬重！」台南許多老房子，比如衛屋茶事，就是劉烽木作的成品。

劉烽喜歡木作，從事木作的過程，時常讓他看到自我很內在的力量，內在想像與修行對於人生很重要，木作喚醒他生命中神祕而說不出的力量！劉烽說：「它可讓我轉換、抽離到另一個時空，那是神意的美妙！」

黑蝸牛和斑鳩

「慢慢鳩」的中庭目前仍是保留採光的庭園，記得多年前，我在這裡設立新世紀領導人才培育營營本部，我將走街的錦囊鑰匙藏在古牆中，來自全國的學員，用手在許多小縫隙裡觸摸、尋覓打開錦囊的鑰匙，年輕孩子用最直覺的觸覺閱讀老屋老牆的肌理，那是認識老房子、老歷史的開始。劉烽說，早先老屋裡有很多黑蝸牛和六隻斑鳩，之後，構樹、榕樹不見了，許多神農街的老房子也被清理，漸漸地，那種與自然共生的況味，好像式微了！

越過中庭的後屋，目前開設木工教學教室，學生從十六到六十歲都有，幾位成大工業設計系的學生學成認證後，推動學校的木工工廠開始運作了，也自由創作工藝品，劉烽讓每個人有完成想像的可能，他說：實現夢想，是很重要的。

劉烽也經營一間民宿，在西門路的「瓦舒」是他木工創作的實體展場，民宿分成兩間，桌床椅櫃都是運用老木頭、廢棄的木頭巧工而成，許多不經意的小細節裡，會看到老木頭留下瘢瘤或刀痕，時間彷彿是這個房子存在的證據，而每一絲證據裡，都有民宿主人的愛！

幫別人圓夢

劉烽一直謙稱自己不是很聰明的人，很多木工技巧是一步一步學來的。他說，不會的技術，不會天上掉下來，我只能一點一滴去學，別人看起來很容易的事，他卻是慢慢爬行過一段山崖，才學會，但是在木作教室裡，他卻希望「嘜藏步數」，所以把這些心得全數教給來學木作的朋友。台灣太缺少自己動手的環境，所以，對於身邊使用的器物顯然感情不夠深刻，他覺得我們需要更頻繁地為自己的生活手作器具。多年前，劉烽曾經拜訪手染布衣藝術家鄭惠中老師，老師送他一套舞踏的

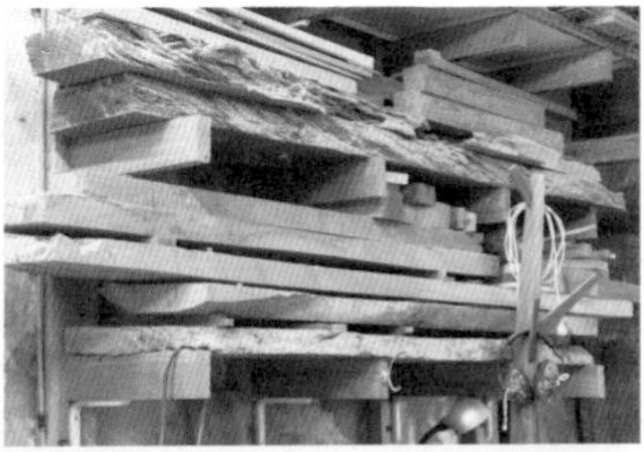

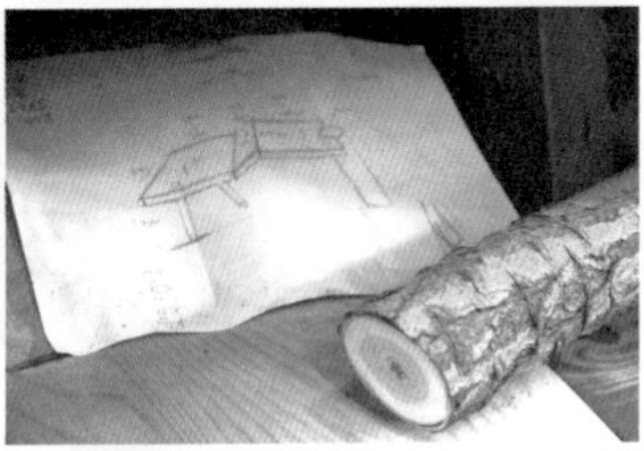

表演服裝，鄭老師說：「我畢生最大的興趣就是：幫別人圓夢！」這句話影響劉烽很大！開設木作教室是教人打造夢想的能力，劉烽說：「只要有能力，我願意幫忙圓夢。」

劉烽有台南人底蘊裡的舒緩速度，他不急不徐，默默地幹活，或許成就未必很多，但每一步都是他的夢想。我問劉烽如何用木頭來敘述自己，劉烽說，目前我沒有答案，但木頭是有生命的東西，把木頭用到最乾淨、不浪費，懂得「珍惜」就是最好的態度。

假期裡，神農街充塞觀光旅遊的人潮，斗室裡的「慢慢鳩生活木作」有一片寧靜，陽光懶斜，光暈染成一片昏黃，像歲月的衣裳著在時光的搖籃裡。在夕陽映照下，我推開慢慢鳩的木造門扉，耳邊，記得劉烽那句話：「美霞老師，去看看育正吧，告訴他，回神農街來！」

黑蝸牛

馬桶下的鑰匙

多年前，神農街尚未成為旅遊熱點，有一群年輕的朋友愛上它的安靜與復古，他們來此設店，讓原本死寂的街道，開始有了人文藝術的氛圍。這一批闢草萊、開疆域的年輕人中，以「五七工作室」、「黑蝸牛」最有意思，五七，是一群藝術文創工作者，黑蝸牛的林育正則是愛木頭的創作者。那時，神農街保留著樸素的樣貌，是很可愛的夢想新生地。

那時，我到神農街黑蝸牛去，育正就告訴我：「三點以前我要工作養黑蝸牛這家店，所以，老師自己進去！」一通關的鑰匙藏在門口一個廢棄的馬桶下，我總是伸手挖出鑰匙，拍去塵土，然後進入空蕩蕩的老房子。老屋前廳提供藝術佈展，中庭保留陽光灑落的自然空間，穿過中庭是木作工廠，來人皆知尊重育正的工作空間，非請勿入。二樓有剛從文化美術系畢業的好朋友子喻在作畫，他們一起在黑鍋牛築夢，當時神農街住戶率只有六成，卻有豐沛的藝術氛圍在，那時育正在砲校當兵，為維持生計，假日都還要出來接木工案，做裝修。

幾年後育正已在新營鄉下養雞兼作木工，到新營找育正那天，台南市到處都是排隊擠街的人潮，假日裡的城市，好像一場災難，離了市區，台南才又回到可親可喜的面貌。育正到新營車站接我，若非他來接我，我還不知道何處去尋荒郊中的養雞場。育正說，這裡是挖仔，「挖仔村」，很 Kuso 的名字！雞場門口有一輛正在裝卸雞蛋的運貨車，車腹寫著雅致的書法「松大蛋品」，那是國畫書法家陳再發的筆墨。

從雞蛋中學會物流

育正賣雞蛋，是從怡安路的黃昏市場開始，當時原是協助太太娘家行銷、搬運工等比較粗重的工作，慢慢就開始摸索物流的體系。七十二年次的林育正就讀新化高中時，大部分時間都在台南「混」，跟著蔡茂松老師學國畫、洪啟元老師學水彩。

考上花師美術系後，在永康五王國小實習，由於生性自由，他放棄教職，和好朋友建伍一起在神農街開了「黑蝸牛」，他說：「我是野慣了，過不了制式生活。」一

做木工是在花蓮師院入門，當時美教系主任楊仁興推廣木工教育，在花師期間樣樣都有興趣涉獵，傳統藝術中心開幕時，他還幫忙做動畫的建模。動畫的工作是白日拉下窗簾拚命的，他覺得日夜顛倒實在不是自己喜歡的生活節奏，所以，才改為投入木工，而且摯愛至今。

木工是藝術創作，興趣顯然無法累計財富，養雞，完全是為生計打算，育正說：養家活口是很現實的問題。養雞場裡，十幾排雞籠拉開一列壯觀的啄食舞台，尖喙撞擊食槽咄咄的聲響，在荒野形成鏗鏗鏘鏘的敲打樂。簡窳的木作工廠在左側，工廠後端，緊連一片雞糞曝曬場，陽光下，養雞場、木作工廠都是生命力！

噪音之中，育正安之若素，與我談著他的木作，木作工廠旁擺了一張剛設計完工的座椅，目前製作椅子是育正創作的主力，來自於藝術的敏感度，使得他在生活中隨時都在尋找美麗的線條，並運用在家具結構上。育正的線條設計，有明式家具的柔美纖細，他預計一年開發二、三款生活器具，然後設法簡化生產線使價格低廉，然後行銷讓更多人可以使用。

劉大哥的身影

做木工多年，育正印象最深的作品竟然是為作家王浩一製作的麻將桌，當時浩一大哥過年前幾天才告訴他：「小兄弟，我過年缺一張麻將桌呢！」老實的育正，趕了幾天幾夜，才完工。他說除夕一早，趕工一夜沒睡把麻將桌趕出來，運到浩一大哥那裡，心中真是有成就感哪！我問：「浩一大哥一定很感動吧！」育正說：「他不知道耶，他不知道我幾夜沒睡，趕做那張桌子！但是，那不重要，能幫別人完成一件工作的感覺，真好！」育正問我：「你看過那張麻將桌嗎？我做得挺正的！」看著他像孩子的笑容，我忍不住說：「王老大的輸贏，都靠你這張三缺一了！下回記得找他分紅！」我覺得，環境辛苦的鍛鍊，只有讓育正更堅實地面對人生，但是，他生命裡那份慷慨熱情，一直都沒有改變。

這兩年，他在雞場既是營生，也是停下來思考，他理解劉烽的召喚，但是，他說：「回不去了！」不是回不去木工的，而是回不去神農街的世界，因為，那時候的神農街已經消失了。對育正而言，神農街八十八號屋主劉先生是當時的精神領袖，也是一位很和煦的長者，育正一群年輕人進入神農街時，受到劉大哥很多的照顧，劉大哥知道他們沒有委託案，就時常請他們做窗框、裝修內部，也時常拿了

一塊木頭就問他：「少年ㄟ，你說這好料做什麼好呢？」然後把木料讓他去發揮，等到成品時請款。「我對他有一種莫名的感恩，因為他很挺我們！」那時，陳再發在神農街以圖畫書法聞名，劉大哥時常跑去問陳大哥：「這群少年ㄟ『舞』到哪裡了？」對他們生活的小節，劉大哥總是關愛備至。四年前，劉大哥往生了，育正感覺好像隊友脫隊了，他甚至連拈香送他的勇氣也沒有。談到這裡，育正眼眶泛紅，他說：「我不會形容，就是……就是有人不告而別的感覺……很感傷！」

我，回不去了

對育正而言，神農街的時空不對了，一個很單純而強大的守護傳統的長者，不見了，他的後代還未摸索到如何承繼理念；其次，商業氣氛崛起，人來，只有看見錢，理想變成很淡薄，更重要的是，育正說：「我自己也改變了！」當年，和浮游咖啡的龔龔、甘單咖啡的紅龍一群人都是窮小子，卻滿載理想，彼此幫襯，有時是家裡的家具互享，有時是做一個吧檯幫忙開店。紅龍剛從澳洲回來時，育正為「甘單」咖啡命名，那時的自己，生活沒有想到很多，談理想也很勇敢，現在回想仍然覺得是一段幸福時光。

生生不息的瞬間

談話中，雞寮裡的工人來來去去搬運一箱箱的雞蛋，圓圓墩墩的蛋，剛剛墜落世塵，有一種薄殼的晶瑩剔透，那一刻，我想起佛說一個剎那有五百生滅的隱喻。

與育正談話時，過往的記憶生生滅滅盈滿胸臆，眼前這一位三十幾歲的年輕人，也正在理想與現實中泅泳自我的價值與定位，幾年前他說：「我三點以前，要賺錢養

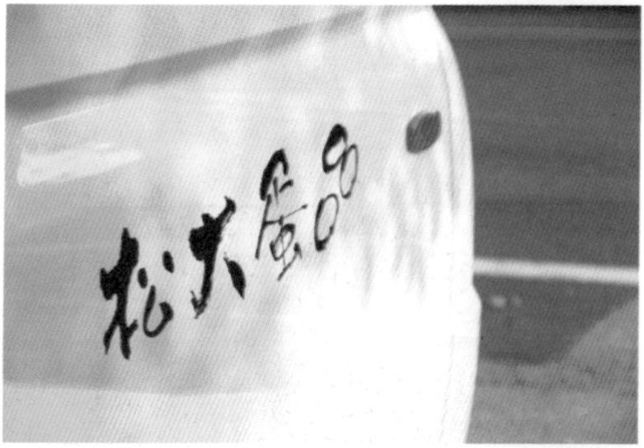

這間店！」離開神農街時，他說：「我先離開，你們繼續！」兩年後，他說：「我的心裡，沒有放棄，我只是停下來思考，我未來應該如何走？」他在生生不息的雞舍旁，繼續發展他的誕生符號，試著找到自己的價值及人生，早上運送雞蛋批發，下午做木工，他說：藝術家也是要過活，他要像草間彌生一樣，在生意中提升自己的價值。育正堅信：在創作中找到自己，他的創作原型不會改變，只是會努力行銷、掌握物流。

彼此慷慨的生命

離開挖仔村路上，育正告訴我：「你知道劉烽以前的工作很辛苦嗎？」劉烽在深海潛水電焊，遇到漏電常讓全身麻痺，冰冷與麻痺的工作，他都撐過來了，而且不怨不艾，個性還那麼溫和、慷慨，實在很難得。兩人相識於神農街，當時育正遭逢低潮，房租差點繳不出來，又遇到工作理念不合，被伙伴毆打，心情十分鬱卒。劉烽來神農街散步，兩人一見如故，就一起經營「黑蝸牛．慢慢鳩」，之後育正結婚時，劉烽幫他一起默默打造新房的裝潢。育正離開神農街兩年了，「慢慢鳩」裡，劉烽仍然一問再問：「黑蝸牛，回來嗎？」兩人，都是愛木工的至情至性之人。

在新營車站揮別育正，育正說：「告訴劉烽，我一直沒有離開木工，我只是走不同的一條路，重新再起！」

自作自售的豁達

走訪在新營養雞的林育正，看到他的雞場與木作工廠毗鄰那一刻，我的眼前模

糊了。兩天後，育正帶了他的生鮮雞蛋來台南給我，信中寫道：「美霞老師：開心跟您聊天，回憶很多事，日後還期待更多的故事被您挖掘出來與我們分享。育正很珍惜過去我們曾經接觸，未來也是很開心。雞蛋自己養的，很忙碌，我們都說自己是『自作自售』！」

勇敢選擇的人生，這一次，不說後悔！這就是我最敬佩這一群默默以木作為職志的創作者的精神。

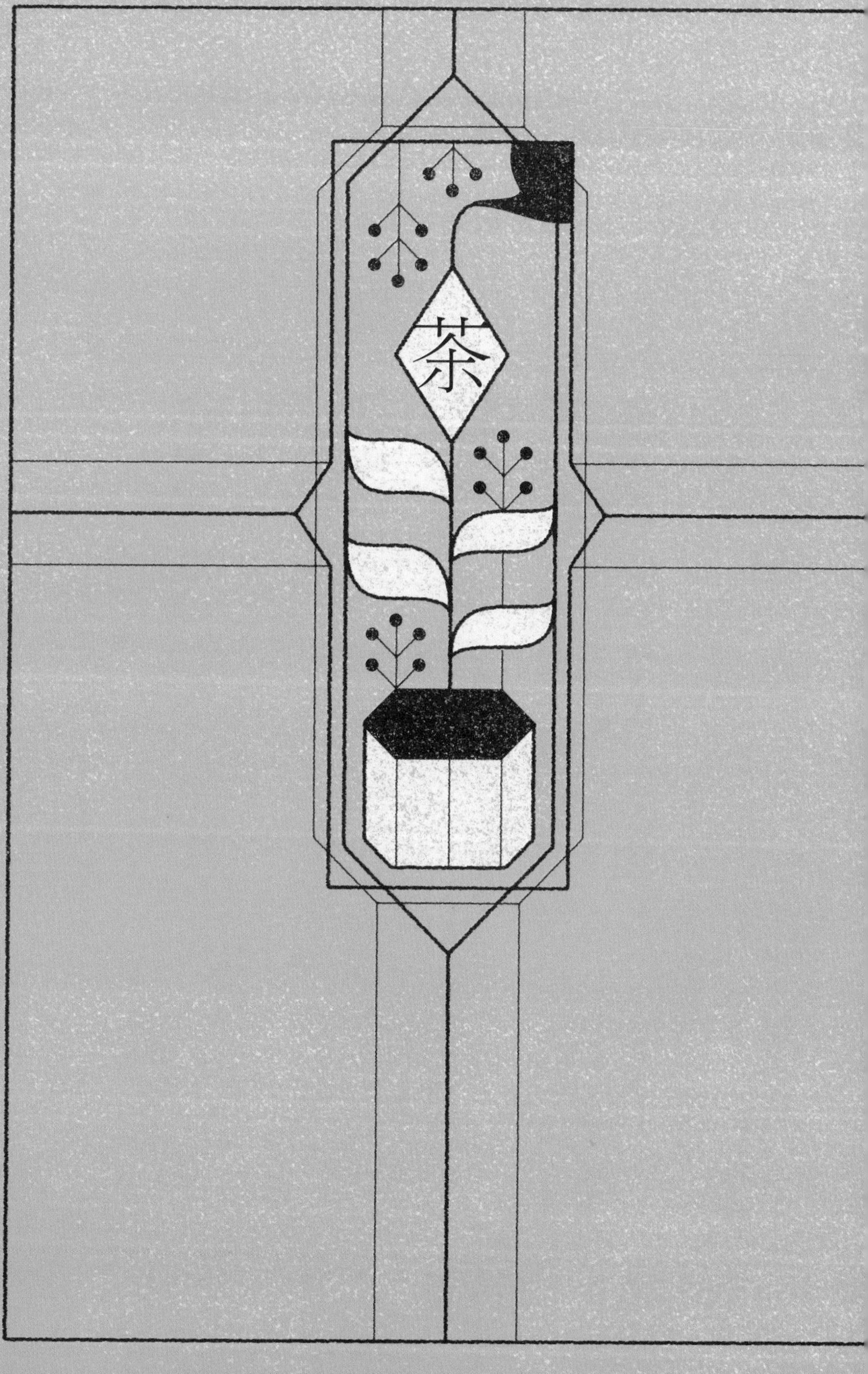
茶

茶與台南的時間

轉眼間，呷老囉！

對於茶的第一次深刻記憶，是那次颱風天下午，在奉茶所品的：「一九六五，轉眼間」。

由於老天的成全，那日放了颱風假，台南的風災，總是裙裾輕掃，所以，偷得浮生半日閒的下午，最好來一場選日不如撞日的茶席。是日茶席間，一場藝文的活動正在醞釀成形，爐上，水正慢慢沸騰，奉茶主人阿泰拿起小巧精緻的茶罐，盈握罐腹，色深而沉穩，剝的一聲打開，一股沉頓內斂的茶香，隨著倒出來的茶葉，淡淡飄散。那是東方美人茶，一九六五年封的茶，老茶的色相，一眼便知，茶色是濃到極致的沉著，或者說，更像一掌倒出來的綠墨。茶齡四十六歲，與座中三人正好同庚，主客皆同庚之人，彼此髮色悄悄染上灰白，這一泡茶，從歲月的證據就開始找到知己了。

沒有經過再烘焙的東方美人茶，放在茶罐裡，沉澱的是歲月的味道，初聞彷彿有普洱的感覺，其實只是一種說不出名字的茶香，「就是茶的年紀的味道。」座中人如此結論。

細品方知那味，溫厚沉潛，入喉甘潤和緩，是茶味，但，到底是何種茶呢？卻仍不知如何辨說？問主人，阿泰說：「白毫烏龍啊！」全座皆嘩然，「青菜騙騙，哪有一點烏龍的味呢？」阿泰說：「不信？再試一杯！」賭氣的眾人，試了又試，三巡過後，終於悟出心得：「沒性啦！」（台語，意味：茶的特性已被消褪到了最樸素的狀態。）但是，口舌之間滋味無窮，耐人尋味，說是東方美人，卻全無嫵媚熟香，經過時間的沉澱之後，搔首弄姿的款態全數退去，彷彿西子蠹服亂髮，卻別有天然韻致，啊！這才是素樸真味哪！聽說，即便是包種，或是烏龍，沉澱四十年之後，滋味也是如此口感香味，實在有趣。在座有人說著：「啊，茶跟人一樣啦，呷老，就沒性了，都嘛溫溫純純地過日子。」

隨茶品嚐老滋味

阿泰打開另一茶罐，名曰「賰兮」（台語，意謂：攢存剩下的），撲鼻是一股甕藏梅子的香味，是包種茶四十多年後的功力。另一罐，松柏四季紅，陳年十幾年，打開是一股新梅剛釀成的酸味，微微發酵，恰到好處。諸如此端，讓人在品茶時刻，嚐盡茶與歲月的對話，饒富興味，一罐茶，一手茗，歲月將近一甲子，自其變者觀之，滋味漸漸地形成，自其不變者觀之，只是轉眼間。台灣話說：「沒性了。」是沒了脾氣，老到一定的年紀，誰都一樣，怎樣都好，從心所欲不踰矩的方圓踏出來了，自然能話說天下合久必分，分久必合，竟感覺沒什麼好怒髮衝冠，感慨涕零的了，看盡滾滾長江東逝水，浪花淘盡英雄，當然就有青山依舊在，幾度夕陽紅的老成結論了。

老茶，是不是也這樣？收盡所有獨領風騷的滋味後，讓你品茗，獨獨留下茶味最樸素的原初。茶，從各具辨識茶品身分的滋味，到無分無界的老茶香，只是轉眼間，歲月沉澱了，花開花落幾度秋。

轉眼間，閒敲棋子落燈花，一夜過了；

轉眼間，「新筍已成堂下竹，落花都上燕泥巢」，一年過了；

轉眼間

轉眼間，「遠路不須愁日暮，老年終日望河清」，青春過了。

十年，十年，堆疊幾次，一生走完了……但是，只是一杯茶的「轉眼間」。

茶裡春秋瞬間過

那天走進「奉茶」捧起這杯老茶之前，剛從高雄美術館看完莫迪利亞尼，望著手上這杯「轉眼間」，心下感慨更多。

莫迪利亞尼，這個早殤的藝術奇葩，人生只有短短三十六歲，尚且不及這杯老茶釀成的歲月。人生短暫的他，用藝術的心眼在橢圓漩渦狀的線條裡喚醒沉湎的美感，也在凝靜的石雕裡嵌入豐沛的生命力。他筆下那新月形的眼睛、橢圓的蛋形臉孔，以及誇張伸長的頸部，以矯飾主義的風格挾帶著比阿凡達的納美人更震撼的視覺印象，敲擊二十世紀以後的藝術版圖，然而他只有三十六歲，三十六歲是很多藝術天才的危厄符碼？

三十六歲，拜倫死於希臘獨立戰爭。

三十六歲，徐志摩揮一揮衣袖不帶走一片雲彩，飛機失事。

三十六歲，呂赫若已經逃往在死亡的國度，石碇。

三十六歲，不及人生一個轉眼間，生命如此短暫卻又永恆，要創造這樣的傳奇很不容易，但是，要創造「轉眼間」的滋味呢？看似平常，卻是更不容易。

人生瞬間閃亮，人人皆見，恆久的慢活慢燉，難以等待，因為我們對於人生故事缺少耐性，所以一個精采的英雄頂多讓他活個十年，誰聽說跨越半個世紀仍然是天火閃閃的明星呢？莫說英雄狂飆短促，有時連日常人生亦是如此匆匆，與人相處，總是迫不及待給個立場、表明答案，伸手想要的，是即時兌現的人生支票，深藏甕中，慢慢去釀的歲月故事，誰有耐心體會呢？

轉眼間，十年又過，茶香還未成形，這一頁人生早被翻過去了。

台南的茶，握在手裡，但是，時間與茶的哲學，在談笑間，悟在心裡。

台南的茶號版圖

隨緣隨人客

自古以來，茶即被認為是優質的保健飲料，《本草拾遺》中提到「諸藥為各病之藥，茶為萬病之藥」，可見茶之一物，底蘊無窮。茶，要經過時間的淬鍊方能形成芳香，品茶，就要有耐心、有雅興才能搏感情了。台南知名藝術家官鋒忠老師曾寫了一首茶詩〈呷茶拚經濟〉：「呷茶拚經濟，早晚喀一杯。清香滿山月，眾人有機會。紅玉美人底，膨風膾開花，文山包退火，呼咱顧身體。金萱翠玉妹，種茶那種瓜。三冬挽新芽，骨力無嫌多。烏龍半天飛，誠懇好轉旋。出門戴瓜笠，勤儉趁這回。觀音免穿鞋，人生是借過。隨緣隨人客，相招來泡茶。」詩句中，是達觀的人生，也是喫茶的哲學。「隨緣隨人客，相招來泡茶。」簡直是台南許多茶坊主人的共同寫照。

三大茶行說風華

台南早期的老茶行有三家：振發茶行、文峰茶行、金德春茶行，三家茶行在府城領銜風騷，信用公道開店，曾是台南茶的湧泉。近來，幾家茶行漸由新一代接手，像創業於清同治七年（西元一八六八年）的金德春茶行與振發茶行目前已是第五代經營。老台南人對於振發茶行的手工茶包、百年印章，文峰茶行的仙女紅茶以及金德春茶行的大茶甕，仍然津津樂道。喜歡賞茶器具的人，偶爾到文峰茶行轉溜，老闆娘時常會賣給你物美價廉的老茶杯，打開一看，包裹的報紙上寫著：「雷根總統……」不要懷疑，三十幾年的破爛報紙，證明這些老件是老闆娘幾天前不小心挖出來的寶！

近幾年，台南以茶為主題的文化活動頻繁，投注心力的茶人不在少數，其中幾位曾任台南茶聯會會長的茶號，至今仍是文化活動中常見的熟悉影像。

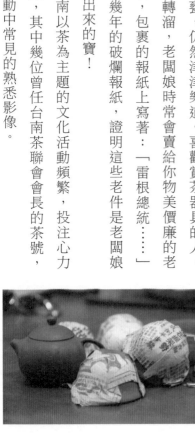

十八卯茶屋

汝的笑容，是上蝻的花

二〇一二年十二月二十二日開張的十八卯茶屋，是奉茶主人葉東泰經營的文化小站。葉東泰是一位外表謙和，底層浪漫的資深文青，在茶的世界裡，找到文字吟詠與茶香四溢的樂趣，開了店之後，還是詩人脾性，他以隨和與隨興看待人事，因而十八卯茶屋雅納許多豐富的元素。這間茶屋原是一九二九年時，日本人柳下勇三設立的料理食堂，當時稱「柳下屋」或「柳下食堂」，是供應公會堂活動時備餐的料亭。幾經改易，而成現今風貌。現今一樓佈設圓形木桌與籐椅，提供輕食與茶品，客來之時，一茶一飲頗有老台南的興味，二樓是藝文展演空間，時常有定期的主題展，茶屋一、二樓間有一道牆面保留當時建造的土牆、竹柱。扶梯而上，仄窄的木梯轉間，有一張雙全紅茶歲月詩的原稿手跡，其中「初五來坐，汝的笑容，是羊年早春上觽的花」，幾乎是十八卯主人的心意寫照。

無關風月，只是卯實

十八卯定名很富創意，是以拆字解：「柳」字拆成「十、八、卯」，取「十八青春一朵花」的年輕氣息，也諧音「卯實」，「賺很多」的寓意。有半年時間，茶屋雖未開張，卻早已提供多次台南文化活動場所，印象最深的是「四書約茶：一定要『誠』功」以及「咱的溪水，咱的故事」等。最後，選在馬雅曆法預言世紀末日那天舉辦末日茶席，次日，卯時開張，特殊的時辰，除了寓意古代「點卯」行事之外，我想更重要的是一份化腐朽為神奇的拚鬥性格：「如果老天沒有讓世界成為黑暗盡頭，那麼，就可以拚拚看！」葉東泰如是說。

南方之愛，在此相見

十八卯除了不定期的活動之外，南方講堂也在此設立常態性的課程，課程的內容有《紅樓夢》導讀、《藝術的故事》、《戲曲與文學的對話》，王美霞老師在這個公益講堂和一群朋友分享學習、成長，以及投入台南市的文化活動。十八卯茶屋提供舒適的空間以及精心製作的茶飲茶食，讓這個講堂有說書、賞藝的風雅，一場場精質的藝文講座，時常讓外地朋友驚嘆：台南人真的很幸福！

目前十八卯茶屋是許多台南熱心文化的朋友常來討論「要事」之處，台南的要事，不外是老樹、老屋、老茶、老人情、老故事，為了這些事天天趴趴走的朋友不勝枚舉，三不五時一起來喬那些「美麗的要事」，在這裡也時常可以聆聽許多激壯的議題。當然，它也成為南來北往、甚或國外的朋友前來台南詢問的資訊站。有時，要找一些潛居在台南的文化人或作家，這裡是不錯的窗口，甚至，偶來此間飲茶，還會「撈」到許多名人與之合影，或要簽名，這裡，真是台南的寶庫。

藝境茶莊

擊壤笑看淡水夕照

藝境茶坊的主人曾志成二〇一三年擔任台南市茶藝促進會理事長，中文系畢業的他，曾做過翰林出版社編輯、工商時報的記者，也做過代書。從愛喝茶、收藏陶壺，進而入行，一九九九年成立「藝境茶莊」，並鎖定普洱茶、名家陶壺為營銷主力，秉持著泡好茶、賞好壺、與同好賞物尚志的心情，廣結善緣，迅速成為台南茶行的後起之秀。

志成大哥每次一提起中文系的背景，就謙虛地哈哈大笑：「我是中文系的異類！」高三那年，看了朱天心的《擊壤歌》，油然生起浪漫情懷，就決定當文藝青年，所以選讀中文系。進了中文系之後，卻在好山好水的遊賞裡度過青春年少。當年淡江有六人組，秉燭夜遊，不知度過多少開瓊筵以坐花，飛羽觴而醉月的歲月，志成大哥說：「至今我還是標準的夜貓子一枚！」想來，那夜遊的青春寫意，仍在他生命細胞裡奔騰，愛茶、惜茶便從那時開始。「淡江的環境，就是很適合喝點小酒、或品一壺茶香。」租屋正對觀音山、山光水色的晨昏美景、淡水夕照像一幅畫鐫刻在他的心版，永誌不忘。當時他曾想：出社會後工作穩定了，一定要將茶的元素帶進生活裡，當時天真地想開個茶藝館，沒有想到，輾轉多年後，自己真的坐在茶莊裡，以茶邀友，以茶寫生活。

一路跟著興趣走

志成大哥是永康三崁店人，在家鄉開設代書事務所，事務所的大門總是為需要的人而常開，那是搏感情開店，談事情時，坐下來沖幾壺好茶是基本功，於是將店面樓下規劃為茶莊，樓上處理代書事務，漸漸地，就往自己喜愛的茶行靠攏了。志成說：「我覺得一路跟著興趣走，那才是可長、可久的事業。」之後，他的太太游淑禎也一起走入茶的世界，淑禎是知名的茶藝老師，常受聘到各大專院校及宗教團體講授茶道課程，學生遍及全台，兩人在茶的世界找到相知相隨的事業。

二〇一三年擔任茶聯會理事長之後，志成致力推行茶學講座，在茶學的體會中，讓茶文化有了普世的資訊。

壺中蘊茶樂陶然

「藝境」溫馨斗室裡，有一組石灣陶名家曾力老師的樂女系列，石灣陶民窯的陶藝品本就充滿民間傳統的元素，器形飽滿、均衡，變化流暢的線條，充滿常民喜

悅生動的生命，這一組女樂陶俑，是志成第一件收藏的藝術品，當時他還年輕，因緣巧合從朋友那裡取得，歷經多少時日，仍然鍾愛有加。目前藝境茶莊除了品茶之外，最大宗的互動是做陶藝品的收藏，志成說：「人生的際遇其實很奇妙，當年不經意收藏了藝術品，後來竟就走在這條路上。」

憑藉著愛茶、愛陶瓷藝品的心，志成在城市的一隅幽靜空間耕耘，但願伴隨著茶、壺、陶瓷、藝品，與同好賞物尚志、品茗談心。正如茶莊中堂對聯所寫：「惜情茶蘊色香味，藝結壺中天地人」，藝境茶莊裡總是不乏品茶、識器的人，在朗朗笑語間，曾志成理事長正在追尋一個屬於寒夜客來茶當酒的茶香之夢。

逸茗軒

即之也溫的茶人

逸茗軒的盧敏華老師教導茶藝的過程裡，我時常想起《論語》裡的一段話：「望之儼然，即之也溫，聽其言也厲。」敏華老師是讓學生用時間去理解，然後尊敬的一位茶人。

盧老師總說學茶是誤打誤撞的因緣，因為她最親近的人：男友，然後變成老公——陳懷遠老師就是自己的茶藝老師。「道不遠人」，以茶道為職志，應該就是宿命吧！陳懷遠老師年輕時愛茶，那時的台北茶界，應是一片篳路藍縷草莽世界，知名茶人周渝還未經營紫藤廬呢。盧老師和陳懷遠老師的約會很另類——去茶行，年輕輩的他們以茶和茶人前輩搏感情，遂養成喝普洱茶、賞古茶壺的品味。

茶與茶器的相見歡

三十幾年前兩人回到台南開設「逸茗軒」，店裡早先賣古壺及台灣明式家具，一路走來，茶，遂成「正業」也是生活中不可或缺的元素。由於早年就開始收集許多古董、老件，在逸茗軒常能見到品味高檔、古董級的茶器具，又加上盧老師時常到各國茶文化交流，因此，器皿的對話在這間坪數不大的店面，就顯得十分豐富了。

在茶席的展演上，盧老師是十分堅持完美的人，二〇一四年十二月初，頂著飄雪的天氣，盧老師帶領學生到韓國茶文化交流，以東方美人烏龍茶、二〇一四年明前金芽陳遠號普洱生茶以及二〇一四年三等鐵觀音茶款客，品茗的韓國朋友，不僅讚嘆茶湯，也驚奇茶器之美，當時，我親自參與所有交流活動，方知展演一席茶道，老師事必躬親，簡直只能以「殫精竭慮」四字形容。盧老師說：「茶人應該堅持的是：做事態度。」她對於每個細節都很認真，但是，對於學生，她是寬大與祝福的，她希望在茶道的領域：「我帶進門，學生要自己去超越。」

在茶的領域經營多年，盧老師想進一步努力的是茶席更完善、茶湯更精進、茶人更凝定的茶文化境界，未來，或許我們可以期待盧老師在逸茗軒有形的交流空間之外，再將茶的歷史、茶的禮儀、茶的器具，以文字書寫而記錄。

寬韻　茶・藝文館

首席茶藝師

許多次的茶席中，昭慧總是茶師中的首席，因為昭慧執壺，所有人放心！和許多茶界朋友相較，昭慧是一位相對安靜的人，她時常以靜淡的微笑聆聽許多人在茶席上的夸夸言談。每一次茶席開始前，她總是敬業而專注。記得蓮花茶會時，她

一一交代每位茶師：「蓮心最苦，泡茶時，記得把蓮心挑起來，不要讓品茶的人受苦了。」然後，她示範以指細捻，挑去黃色蕊心的方法，我當時在場聽到這些話，頗為感動，也感受昭慧用心把芬芳送給每位品茶人的那份愛。

心寬韻自成

「寬韵　茶．藝文館」在望月橋邊，臨水自照。早先她的店名是：寬菡，「菡」是荷花，有清雅、秀潔之感，昭慧覺得任何人、事、物，都要有韻味，茶香有韻、器品有韻，才是圓滿。後來改成「寬韵」，是用以自勉，她說：「天地有大美，自己要用更寬大的心，去接納美的事物。」

進入茶界十八年，昭慧一直是用心而謙虛的茶人，來自玉井鄉間，她的個性有一份淳樸親切。七〇年代，因父親愛茶，從凍頂烏龍茶到普洱茶的世界，她是一步一腳印習茶、懂茶的，擔任茶聯會長期間讓她深刻地悟到人事以及茶事，至今，她還是以感恩的心，去敘述擔任茶聯會長時的甘苦。

十八年前，這家店是茶坊簡餐，望月橋沒落後，歇業一陣子，去年以「寬韵　茶．

藝文館」再度展演茶空間，昭慧特別將當年的舊木頭拿來重新裝潢，重修後的屏風上顯見缺了一角，昭慧說：「不要補，留著這樣的缺角，就是最好的時間證據。」

時間，褪毀了屏風，但是，昭慧的人生有了容納缺憾的雅量，果然與「寬韵」二字的哲理，不謀而合了。

該我出面，我就在現場

昭慧看待茶，更重視茶品，她說：「茶有四要素：時間、溫度、茶品，以及茶人的心。」她不主張玩過火的茶席，也不建議先從器具看茶，她喜歡回到茶與茶湯，和茶建立親密的對話。而且，茶不說話，五官之美，可用茶席來輔佐，但是，更重要的是要讓每位品茶人捧一杯茶時，感受到那是茶主人最好的款待情意。

她常說：「只要茶文化活動需要，我就在現場。」所以，如果你參與台南茶文化活動，或者你來望月橋邊的「寬韵　茶・藝文館」，你會看到那纖纖女子江昭慧以真誠的心，找對的茶，以茶會友！將茶帶入生活的態度，在安靜中與茶私語，與愛茶的人做朋友。

集秀

青春轉成茶香

一九九七年水萍塭公園有一場茶藝生活特展，那是別開生面的茶美學展演，是茶聯前會長陳麗珍最引以為傲的回憶。出身府城的麗珍姊，是道地的台南人，識茶、教茶、賞茶多年，因此有了「集秀」的一方茶藝文空間。

集秀，意即「集所有秀雅之事的大成」，開了店，看茶、品茶、泡茶，覺得一切美好的人、事、物都齊聚於此，實在曼妙無比。集秀的空間佈置簡潔明朗，桌椅器皿都以秀整搭配，泡茶的杯皿，仿宋盞的瓷白杯器，由大陸景德鎮老師傅仿作，杯口細薄，托在掌中，像一朵浮水淨白蓮花，十分討喜。

麗珍姊從一九八六年開始接觸茶，得鄭道聽老師提點，入行開了「北苑茶莊」，

當年茶莊門口對聯：「競誇天下無雙豔，共飲人間第一香」，年輕時好氣派的行事風格，至今仍然不減氣勢，悠悠忽忽已過幾十年，在茶的世界裡，看到生命的依託，她說：「我和茶談戀愛了！」

聽，茶在說話呢

麗珍姊在茶界，直率、勇於任事，只要是她覺得應該去做的，就義不容辭。比如說，多年來她極力主張：台灣茶要走出世界舞台，就要建立茶人認證制度，因為，茶師養成不易，認證可以讓茶人的學習更落實。

在集秀喝茶的人，大概都會賞茶器，因茶而產生的藝品，漸次成為她在集秀與朋友交流的重心。對於台南茶聯的活動她也持續關切與投入，今年春日茶會，她就以十分雀躍的心情，籌辦「紅樓說茶」。對於茶，她的體會很明快，她說：「茶人要把茶內化成生命的一部分，還沒泡茶，就應該感覺到那杯茶的芳香。」麗珍姊心裡有一股浪漫的青春，那是投入茶二十二年之後，仍然澎湃的，她說：「我想要有一個大觀園！」在那一個有趣味的莊園裡，把每一個人物的特質、茶品、氣質表現出來，讓茶與美學生活融為一體！

我想這一年的春天，她做到了：聽！茶在紅樓說書呢！

紅樓說茶

寫給茶的情詩

二〇一四年春天台南茶聯會的春日茶會，說紅樓金釵。三帖好茶，三位金釵：金萱、碧螺春、東方美人茶；薛寶釵、林黛玉、史湘雲。那一夜紅樓說茶，讓我們在春天走入古典的詩情畫意裡。是日，我為這場茶席寫了一首〈茶的情詩——寫給府城的春天〉：

茶是一盌靜靜的風華，
在時間裡凝定、蘊蓄，
然後成熟豐美。

茶是善於等待的，
等待的幽靜與婉轉一如絕色美麗的女子，
女子是花，
花是春天。

在府城的春日，
以茶、以花，以《紅樓夢》裡金釵女子，
我們為你品茗說書。
寶釵的豐潤，是春的美豔，是金萱的香釅，
黛玉的脫俗，是春天的惜花，是綠茶的清逸，
湘雲的浪漫，是春天的沉醉，是東方美人的丰姿，
來品一盌紅樓茶影，
春天在此寫就雅致的夢與詩意。

夢，彷彿蝶影繽紛

《紅樓夢》裡處處可見茶的典故，黛玉初進賈府，頭一頓飯裡，茶，就是規矩了。賈府裡，飯後第一盞茶，是漱口的，初來乍到的黛玉，倘若自小沒有教養，一捧茶，就失卻禮儀，惹人笑話。鳳姐曾對黛玉打趣說：「既喝了咱家的茶，就該當咱家的人。」可見，茶是體己的交情，難怪妙玉要用五年前梅枝上的雪水沖茶款待黛玉。在櫳翠庵裡的茶，是文人的風雅，而今，府城三月天，黃花風鈴木裡的春茶，也有了文人風姿。

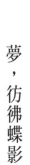

三月二十八、二十九日在文化中心，在畫家歌手高閑至老師的月琴旋律裡，我娓娓說讀《紅樓夢》裡「滴翠亭楊妃戲彩蝶」。寶釵在春天，追捕一隻玉色蝴蝶，只見那一雙蝴蝶忽起忽落，來來往往，穿花度柳，那寶釵香汗淋漓，嬌喘細細。是日的夜空中，我彷彿也看見那蝶的雙翅，過河去了。此時清平調的古曲，悠悠忽忽送出「雲想衣裳花想容，春風拂檻露華濃」的字句。

然後，黛玉的身影似一場雲煙幻夢，在奼紫嫣紅的春天荷鋤葬花，花魂默默無情緒，鳥夢痴痴何處驚。葬花的歌詞，是千古絕唱，我一段段吟誦葬花詞，高老師的歌聲也隨之悠然轉入，葬花詞動人，歌聲也動人，這一次，我也迷濛了。「質本

潔來還潔去，強於污淖陷渠溝。爾今死去儂收葬，未卜儂身何日喪？儂今葬花人笑痴，他年葬儂知是誰？」那樣淨潔的女子黛玉，竟用一生的執著，守著生命純然的淨土。

《紅樓夢》第三回寫著黛玉第一次進賈府，她走過一段大街，從簾中窺見賈府大門前蹲著兩座大石獅子，那一望，是一生一世了，黛玉終究沒有離開她生命的園子，香消玉殞在大觀園裡。

雲飛雪落思華年

人生如幻夢泡影，如露、亦如電的短暫瞬息，我們能擁有多少？我們又能堅持多少呢？當歌聲與茶香瀰漫在周圍夜色裡，我想起生命過往裡曾見的美麗，與許多如此珍惜，卻已遠離的人，內心不禁有了迷惘。

李商隱是因為這樣的心境才來寫「錦瑟無端五十絃，一絃一柱思華年」的吧。此刻，我來用紅樓說茶，如果你來聽了那一字一句深深淺淺的話，但願此去經年，雲飛雪落，你我偶爾還能記得那一夜的紅樓茶影。

是哪處曾見？相看儼然！

紅氍毹上憶遊園

茶香，有時也是招待有朋自遠方來的最好宴席。

六月二十七日這一天，是為日本群馬縣水上町與台南藝文界、教育界的朋友所舉辦的台日交流會，高美華老師特別帶領剛剛成立的「東寧雅集」老師來演出一段崑曲。是日十點三十分，台南藝術大學徐宿玶老師的日本古箏揭開迎賓序曲，徐老師以兩首古箏曲，一曲古典，一曲現代，讓在場來賓驚豔。之後，進入交流相見歡，這一天有台南市八所高中學校校長參加，台南各藝文團體及文教基金會負責人也到場，還有老爺酒店、PASADENA、林百貨等業界參與，可謂一時盛會。

日本河合議長煮好蕎麥麵上桌時，台南的魯麵也一起上桌ＰＫ。魯麵是台南傳統中很具特殊意義的麵食，遇有喜事與節慶時，主人家煮一鍋魯麵宴請前來幫忙的朋友，既是體貼，也是滿懷感謝與祝福。日本的朋友顯然更喜愛台南魯麵，三、兩下呼嚕嚕就吃得碗底朝天。

活動中除了大洞敦史的三線琴與雞屎藤新民族舞蹈團的藝旦舞蹈之外，東寧雅集演出的〈驚夢〉更是主軸。大學時票過戲，紅氍毹上一段「工尺譜」的歲月，深刻且百味雜陳，至今讓我仍在鑼鼓響起時，有一分難捨的依戀，當時唱過的幾齣崑曲，最愛仍是〈遊園驚夢〉。多年後，見東寧雅集近在咫尺的粉墨登場，姹紫嫣紅的瑰麗，驚夢的纏綿幽怨，一時都讓我跌入醇醉的回憶裡。

驚夢，原是杜麗娘烏托邦的美好幻夢，那日，十六歲的她，遊過姹紫嫣紅的花園，也眼見斷井頹垣、畫廊金粉零星的破敗，如此青春的生命內心波盪著情愛的盼望，而，現實禮教的世界，一切索然成空。所以，杜麗娘孤獨地走入自己的夢裡，在夢中尋尋覓覓人世間情愛的可能。〈遊園〉的曲文華麗而寂寞，〈驚夢〉的曲文驚喜而幻夢，我特別喜歡杜麗娘與夢中的柳夢梅初次乍見的那一句：「是哪處曾見？相看儼然！」

人世間白雲蒼狗幻夢無常，有些人在我們的眼前打過照面，他們擦身而過了，

然而，那眼、那眉，那笑容謦欬，就是生生難忘的——即使，他們與我們的相遇只是短暫如驚鴻一瞥的緣分。見面不需多，情深憶長久。緣此，我相信有一種人，是與我「哪處曾見？」的，不在今生，或許只是前世、與來生的，否則，怎見他如此相熟？我常以此心境去看生命中如水漾流蕩的聚散緣分，就像這一次，為一群來自寒冷北國的短暫陌生朋友，籌辦一次文化美學的深度對話，我以一碗茶香的芬芳，敬酹歲月裡曾經典藏的異國友情。

花與夢的茶席

女人像花，花似夢

在台南，茶席是體貼時間的元素，也是與一群好友共溫存的聚會。歲末，二〇一四年十二月三十一日的老下午，這一場花與夢的茶席，是用來告別歲月的。冬至過後，台南的風候冷涼了，十八卯茶屋裡，少見那詩人的身影。記得溽夏時節的夜晚，愛寫詩的林瑞明老師時常在晚飯後，騎著單車來十八卯，然後一個人、一燈一桌，寫詩。若見我來茶屋，便說：「美霞來，唸一首詩，我聽聽看！」翻開那本《海與南方》，我最愛唸〈依然聽花歌唱〉：「我身上的傷口／是我生命的勳章／我依然聽花歌唱」。老師滿臉鬍碴，花花白白的，瞇著眼聽，很得意，他總說：「這麼好的一首詩！我寫的呢。」我們都笑了。

前一陣子與林瑞明老師見面，寫作力充沛的老師擱著筆，墨色也略見乾涸，我便知道，堅毅的他，身體不舒服著，老師說：「趁少年，多做些事啦！」這樣的告誡，讓我難免心驚！

姊姊妹妹站起來

時間真的如吉光片羽，一瞥眼，都閃過了，歲暮這一刻，只能說：好自珍重！愛生、惜緣、珍情，願我們都做自己的菩薩，也盡可能做別人的菩薩。那麼，在一年年逝去的時光裡，我們都有可能留下像花朵般美好的記憶，而且依然記得花開滿樹的喜悅。最近，時時想起多年前衣裙如此潔白的歲月，以及那歲月裡茶樹芬芳的氣息，於是，歲末的這一天我以花與夢的茶席，深情告別歲月。

當天，懷墨齋洪國華老師做了一個花輪，二十四根竹枝裡綴著各色花朵，輕風吹來時，花朵一蕊一蕊地轉出二十四節氣的夢，茶席入口處，圓形的宣紙裡，大大的「夢」字，圓了夢，粉彩娟娟，輕盈如蝶。

茶師晨子佈席的茶器是水晶杯，剔透明亮的杯子，像一首詩，閃爍光芒，更像

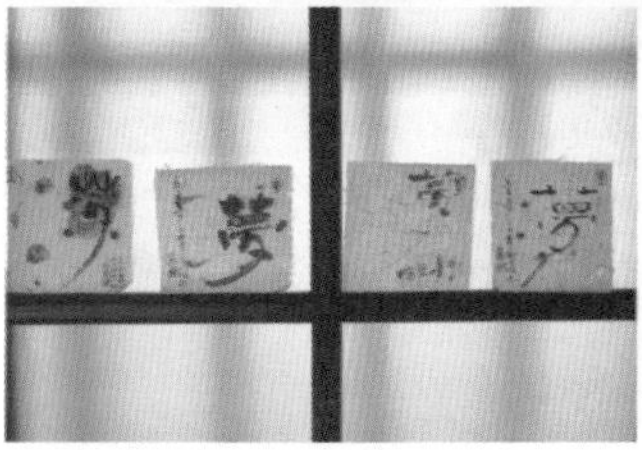

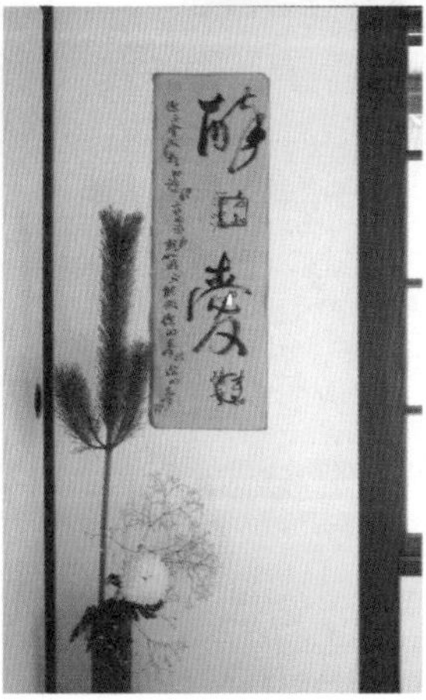

一朵盛開的花。茶托是洪國華老師親筆畫的寫意花卉，品茶的朋友，可以在茶席散後將茶托帶走，當做紀念。台南古蹟丁種宿舍的壁障紙窗上，書寫古雅的詩句：「落花人獨立，微雨燕雙飛」、「記得小蘋初見，兩重心字羅衣。琵琶絃上說相思。當時明月在，曾照彩雲歸」。也有〈葬花詞〉與〈春江花月夜〉，這一片花蕊與詩情畫意的場景，讓人一進屋便墜入「舞低楊柳樓心月，歌盡桃花扇影風」的世界。

畫家歌手高閑至老師用月琴、琵琶、吉他演唱古曲旋律，帶著這一年的祝福，輕輕將這一年的好夢、好福氣分享給所有的好朋友。

茶席散後，一陣風起，丁種宿舍的玄關裡，二十四節氣花顏，兀自轉了起來，彷彿每株花都有美麗神明，神在，歲月在。

一陣徐徐吹起，夢裡，花落知多少！

在台南，春天有春日茶席，夏天有蓮花茶會，秋天有赤崁茶席，冬天有歲暮封茶，從天光到暗暝，茶，是酵化城市美麗故事的元素，一個城市以茶來做文化、過生活，是文雅的抉擇。

書

書的印象

惜字亭倒下之後

二〇一四年的秋天，一座百年惜字亭在府城倒下。

惜字亭，用於焚燒寫有文字的紙張，是敬重文化的表現，國定古蹟祀典武廟旁的惜字亭是台南僅存二座老舊惜字亭之一，依耆老考古，這座惜字亭的建立，與活躍於武廟的「西社」大有牽連。清代的府城，總共有五個詩社，即「彌陀寺東社」、「法華寺南社」、「黃蘗寺北社」、「祀典武廟西社」，以及「奎樓書院中社」，這五社為昔日府城詩人聚吟的詩社，也是府城藝文中心。位於武廟的「西社」早已解散，社內改祀主管文運、官運的「五文昌」帝君，設有祈福榜，每至考季，許多考生前來祈福，惜字亭多少也保留了武廟當時斯文鼎盛的遺跡。然而，此亭位於三不管地帶，產權不清，長年荒廢毀壞嚴重，亭毀當日，許多心繫古蹟的朋友前去關切，卻束手無策，最終只能瞠目見百年古蹟毀於怪手。

亭毀時，尚未收拾的坍亭上，隱約可見「敬惜字紙」破字，讓人見之不勝唏噓。愛惜文字的文化敬意，會不會隨著亭坍土毀，最後，從我們的生活中消失呢？

小時候，母親對於文字與書籍有很嚴謹的家教，凡有文字的紙張，一，不得踩踏；二，不得坐臥其上；三，不可與垃圾一起丟棄。自小家中某些規矩甚嚴，我印象很深的是：書包不可跨越，亦不可以放置地板上。母親並未受多少教育，甚至，也不認得多少字，但是，她很珍惜紙張上的字句，自小母親的教誨使我內化形成性格，我很愛書，並且相信母親說的：「讀冊，是皇帝大的事。」

史記會注考證

就讀大學的年代，書本，是很隆重的見面禮。當時，國文系學長送給學弟妹的禮物是一本瀧川龜太郎的《史記會注考證》或是《昭明文選》，而且，為了證明學長姊的份量，幾乎都挑選最沉重的厚開本。也對啦，當時工學院流行揹著丁字尺騎腳踏車在校園招搖，文學院為了證明氣質，捧一本過重的厚書，是必要之裝飾，何況，瓊瑤小說當紅的年代裡，小說裡的男女主角都要捧著幾本書當道具，以增添文青憂鬱的氣質，書，是證明身分的戳記。可是，彼時，我的學兄廖振富卻反其道而行，他送給我的是：河洛出版社分冊肆本的《史記》，開數只有同學的一半，學兄說：「學妹這麼瘦小，不要拿太重的書。」所以，每當上課時，身邊的同學就厚甸甸「趴！」一聲，排場十足地攤開他們的「巨著」，而我總是很小家碧玉地翻著我的小史記，連書頁磨蹭的嘆息聲也很小很小……學期中，學兄在校園裡遇到我，問：「怎麼樣啦？學兄送的《史記》比較方便攜帶喔？」我當時那麼喜愛《世說新語》所載：「郝隆七月七日出日中仰臥。人問其故，答曰：『我曬書。』」的豪闊！焉知謙虛之必要，更遑論懂得做學問是要培養很小聲、很彎腰的氣度。學兄所言：「不要學別人，太浮誇！做學問老實一點喔！」我只能虛聲應和、無言點頭！

從當年至今，我是用了幾十年歲月才懂得學兄那份務實謙讓的溫柔敦厚，及今思之，那幾本小家碧玉的《史記》，還真是不錯的一套書。

還書一癡，借書一癡

書，收集著許多美好的記憶。讀師大時，協助黃慶萱老師整理修辭學課本，那時，黃老師強調每一則檢索的證據，都要字字有本。於是，我幾乎用了一年多的時間，埋首在老師的書房裡找資料。黃老師的書房藏書百千冊，臨山的落地窗，陽光糁照時，對面的綠意也一併排闥送青來，在書堆裡檢閱文字，翻閱古往今來的吉光片羽，我彷彿一隻快樂的蠹魚，饕餮著水的溫度，以及文字鱗片裡的光燦。進了書房，書的世界如此芳草鮮美、落英繽紛，溯水而上，我總是忘路之遠近，一定要在經過不知多久時日之後，黃師母喊道：「來吃甜湯喔！」才從書本夢幻般的世界，悠悠醒來。

有一年冬天，黃老師的書房裡多了旋律的伴奏，那是林昭亮在練琴。林昭亮是老師的義子，練琴時很專注，琴聲低緩、高昂，如泣如訴，聲聲執著，而且，他一拿起琴，就不歇止地演練。老師笑著說：「他和你一樣，耽溺、執著！」那是老師對於我們堅持力的讚美。至今，我仍然記得黃老師書房的對聯名言：「借書一癡，還書一癡。」也對，好書難尋，何以借人呢？好書難尋，好不容易借到了，何必去還？老師說，這輩子還有一句橫批：「書、筆和老婆，概不借人！」溫厚的老師，在書的世界裡，十分風趣。其實，對於書本執著的愛，也是我的難關，眼看家中書本氾濫成災，已形成「四壁圖書中有我」的誇張趨勢，我深知：書，是我此生最難參透的「住」與「滅」。

過於喧囂的孤獨

緣於愛書，書店是我對於城市觀察的必要風景，尤其是二手書店。二手書店有別於一般的新貨入荷的光鮮，它的扉頁間收藏更多的記憶。舊書，最耐人尋味的不僅是知識，更是時間與時代流轉中，那屬於「人」的訊息。

赫拉巴爾曾寫《過於喧囂的孤獨》，故事裡收集破爛文字紙張維生的漢嘉，在文字間窺見整個城市的祕密，他將三十五年打包廢紙的經歷當做「love story」敘述著，我甚愛這本書，心想：蜷身在城市一隅，一字一句讀著棄置的書頁，揣測許多城市的故事，那會是怎樣的心境呢？透過書與文字看見這般多元未知的世界，讓我充滿躍躍欲試的好奇，然而，我是不可能去拾撿破爛文字的，只能在翻翻揀揀二手書店時，赫拉巴爾一下，因此，我肯定，開一間二手書店是可貴而有趣的事業。

金萬字

酒矸倘賣無

金萬字，是府城的二手老書店，六十年歷史是許多老台南的記憶。這間店最早在西門路小公園攤販集中場，第一代創辦人李溪原先販賣洋酒酒瓶、五金等雜貨。當時物質缺乏，美援的駐軍帶來先進的洋酒，造型奇特的洋酒瓶成為蒐購搶手貨，那時店內有為數不少的各式角瓶。從雜物店到書店，要拜台南文化底蘊所賜，台南的閱讀文化自有傳承，因此每每收集搬家的古物時，從顧客家中也收了不少舊書，漸漸地舊書越收越多，因而轉型成為典型的二手書店。小公園圓環整頓後，店址遷到現今陶板屋的地段，最後才在忠義路現址落腳。這裡早期是典型的紅瓦厝，二〇〇〇年二月二十八日才改建成樓房，至今已有四十年的歷史，目前是由第二代

的李俊嶢先生經營。

店樓尚未改建前，每次經過金萬字，照眼就是一片書海，有限的店面空間漫天蓋地都是書，流行暢銷的放架上，便宜俗賣的小書、參考書蹲地上，進店很難不和書本撞頭碰壁的。倒是穩坐櫃檯的老闆，總是好整以暇任顧客來去，懂行道的顧客，自己鑽、動手找，不懂行道的，報個書名來，老闆兩三下就從書堆中翻撿出來！每次看老闆找到書本，拍拍兩下書皮的灰塵，然後交給顧客，我都覺得那是另一種揚眉瞬目的得意帥氣！李老闆常促狹地說：「我是讀『書皮』長大的！」

金萬字店門早上十點開店到晚上十點，李老闆多半晚上顧店，幾年前南商夜補的學生、補習的學生下課後會來逛逛，有時他們找起書來，就收不了店。現在，夜晚人就少了，顧客稀少的夜晚，李老闆健談、愛講古，讓店面增添不少興味。

「金」樣生活，「萬」般知足

李俊嶢的父親李溪先生開始經營舊書店時，書店就有藏書票樣式的印章，內文為：「忠烈祠邊金萬字」、「體育館邊金萬字」等等，記錄了金萬字周邊街景的歷史，後來書章改成各色貼紙，設計以「金」字為核心，圍繞「萬」字，仍然十分耐看。最近收購舊書，有時會看到書店多年前售出的書，又再一次被收購回來，二手書的二手書，像輪轉不停的命運，耐人尋味。

與李俊嶢先生訪談之後，忽有一日，他打電話來，說：「我找到完整的藏書章了，你趕快來拿！」驅車前去時，他放下工作在店裡等候許久，手捧一張張色澤美好的藏書章，很親切的笑容，為我的好奇心而翻箱倒櫃找出陳年藏書票，老闆那份待客的熱情，就是道地的台南味。

店內另一特色是有許多鳥，門口的灰鸚，是第二代員工，客人來時，牠會學舌，李老闆調教員工時，牠也會學老闆說話，據說牠最近有努力聒噪，以便和上一代能說「阿扁凍蒜！」的前輩灰鸚一樣，贏得許多人按讚！事實上，有許多顧客是因為這幾隻鳥，愛上金萬字呢。內屋養著長尾四喜，李老闆說：「長尾看了讓人歡喜，每天顧店心情也變得快樂了！」入得店來，所求不多，時間放慢，就是王道，老闆說：「舊書就是要沓沓找，才有樂趣！」六、七年前，電子化的影響、參考書的改版，使得舊書店的生意，瞬間清冷了，怎麼辦呢？老闆說：「讀冊、讀冊，越讀越冊（討厭）！我是賣冊、賣冊，不能越賣越冊（討厭）啊！不要想不好，日子就很好過了。」

小市民、小老闆，養一籠能言巧鳥，等幾位交心熟客，翻幾頁珍貴老書，這樣，就是「萬」般知足的「金」生活了！

仰山知峻臨水懷清

金萬字書店
電話：2250191
台南市忠義路二段六號
版權所有・請勿翻印
處變不驚
莊敬自强

東門舊書冊

台語文學的搖籃

現代化城市為了利便交通，圓環相繼消失，但台南東門城圓環是城市裡不可能消失的地標，城門向東，迎春、迎喜、迎東風，東門當然要屹立向陽，日日迎春。潘景新大哥和靜竹大姊挨著圓環闢築書店一幢，書店，像一葦歲月裡的老搖籃，搖啊搖，搖著他們的書寶寶。他們都是愛書的人，所以，才因書相遇，如果你以為他是一對兄妹，那就錯了，姓潘，只是偶然，同樣愛著書，才是生命中的必然！

在府城要翻找「台語文」以及「本土文化」的舊書，來這裡就對了！府城舊書冊地坪約四十，號稱「台語文學資料館」，一至三樓層層疊疊堆滿書，四樓，樂活讀書會不定期舉辦台語文學或民間演藝故事講座，在這裡書籍的分類很特別，是以「作家論」，所以二樓擺滿一箱箱以作家為名的書箱，每一位經典作家歷年出書版本，如數家珍，揀讀起來特別有「人」情味。三樓的書籍，幾乎是台語文資料，有來自於長老教會最早的珍本標音書籍。而老闆最珍藏的版本，放在一樓櫃檯，這些罕見古書有半世紀以上，也有百年書籍，若顧客來此買賣結帳，偶探好奇之眼掃描那些書，靜竹大姊會十分熱心地打開那些珍本，然後逐頁說明它們的價值，最後，很慎重地關上玻璃門說：「非賣品！」這種戲劇性的互動，果真是靜竹大姊的本色！

一動一靜的風景

來到舊書冊的顧客，總會聽到店裡縈繞著充滿磁性，又有感情的聲音，在抑揚頓挫間本土的口語飄盪其間，那是靜竹大姊複習自己在廣播電台的播音，迴響在書店裡，遠遠地傳來喃喃沙沙的聲調，成為書店特色。有時為了找書，不免打斷大姊聆聽自己聲音的喜悅：「老闆，請問關於台語的書在哪裡？」靜竹大姊倏地關上收音機，笑咪咪地說：「我可以幫你找，但是，我不是老闆，那位詩人潘景新才是老闆！」然後，她和顧客搏感情和聊天的序曲就開始了。

靜竹大姊是一位充滿過多能量的人，她和舊書冊老闆潘景新，永遠是一動一靜的完美組合，靜竹大姊有問必答，還外加很多顧客想不到的問題，連答案都免費贈答，所以，如果對於台語文學，或是台南本土的資料，只要顧客抽個線頭，她就能舉一反三，讓買書的人有個全盤理解，那簡直是一堂不用付費的本土文學講座。相反地，景新大哥總是安靜地，微微笑著，看買書的人取書、賞書，或聽靜竹大姊的長篇大論，他儒雅的慣性反應，就只是淡淡地笑著，那份靜定足以證明從高中時期就能辨詩社、寫文青詩句的當行本領。

藏書之愛，書的信徒

舊書冊雖然號稱二〇〇〇年的世紀末開業，但是這間書店的源頭是當時潘景新開的好望角書店。自詡為「不務正業」的書店老闆潘景新，本名潘熙瀚、潘勝夫，後改名景新，民國五十年，當時十七歲的他成立《綠潮》、《景風文藝》兩個詩社，寫過許多浪漫的詩句，也開過勝夫出版社、書店，曾以〈潮間帶〉、〈站在岬角上的偷詩賊〉獲得府城文學獎並收入作家作品集，現今致力於台灣文學。靜竹大姊和潘大哥有著兩樣的人生，不一樣的道路，最後在舊書店裡交集，他們對於書店有著

一樣的情感，熱情、熱力守著書籍的夢，並且以赤子之心呵護店裡的書牆，他們總是很確然地強調：「我們是有感情的書店，因為我們懂書！」靜竹大姊說：「我想做一本書的燈。」潘大哥則說：「書癡，沒有解藥，只有越陷越深，終至沉淪。但是，沉淪心甘情願，傳遞永不嫌遲。」

二〇一四年四月，由潘景新擘畫的《藏書之愛》創刊了，這本季刊行的雜誌介紹藏書、分享書店資訊。在創刊號的序文中潘景新寫道：「希望因為看了好書，受到作者的影響，可以找到翻轉人生的動力。」他們將書視為共同母語與信仰，因此守著這間資料庫，尋書、藏書、讀書，這間舊書冊傳達的是：因為愛書，所以要用藝術家的手，來擦拭「一世人的冊」！

珍古書坊

黑膠的神祕庫房

東門舊書冊還未搬到城門邊之前，是與珍古書坊毗鄰而居的，珍古書坊不大，但是，守著一個神奇的庫藏：黑膠唱片。

說起這間店的老闆許國賓是頗有典故的，因為他有兩位好兄弟：惟因唱碟許國隆，還有文學家許達然，三位都是奇葩。惟因唱碟的許國隆是台南知名的黑膠堡壘與音響教父，因此會讓人十分詫異，這家人莫非有音樂家學淵源？許國賓說：「沒有！」兄弟三人都只是自己在興趣中摸索著音樂收藏之路。

珍古書房佔地不大，淺短的店面，只有三落書牆，但是，進門左邊有一大木架的二手ＣＤ，若花點時間尋寶，偶爾會驚奇的抽出一、兩張絕版的ＣＤ。許老闆早期賣二手書，後來兼賣音響及唱片。記得從前書店門口有個旗子：「二手唱片」，斗大字眼，簡單乾脆，比書店的名字還讓人印象深刻。

十元一張黑膠唱片

許國賓原來從事塑膠製造業，十二年前退休時，中文系出身的夫婦便不假思索以書店為志業，他們第一間書店開在中正路底的觀光城，之後才轉到前鋒路火車站旁。許國賓的老家在中正路，也就是惟因唱碟現址，地近國華街。當年國華街是電影街十里繁華之處，由於美軍顧問團仍在台南駐軍，所以因應市場需求，搖滾、藍調的盜版唱片充斥坊間，十幾歲的他對於這些音樂就有很大的偏愛，當時從美國新聞處（現在莉莉水果店旁的愛國婦人館）傳來很多西洋流行訊息，自己也跟著選訂流行英文雜誌如：*Rolling Stone* 等。那時一張十元的唱片，不知買了凡幾，因為那是禁唱台語歌曲的年代，所以他的收藏早先以國語、英文歌曲為主。後來，瓊瑤電影盛行、民歌也跟著崛起，因此一九七〇年代以後台語歌星的唱片就收集不少了。

珍古書坊
GOOD USED BOOKS, LP, CD

I GIOIELLI DELLA LIRICA
33
Ernani
Puccini
Verdi Giovanna d'Arco
Caballé · Domingo · Milnes
James Levine
LONGINES SYMPHONETTE
CHORALIERS
Love and Romance

真空管的愛

珍古書坊一進門便見幾座造型古雅的真空管音響，在這裡，時常有外國朋友來買真空管古董音響，許老闆說：「特別喜歡真空管，只是因為懷舊。」開書店之前，自己就有量藏黑膠唱片，黑膠用唱盤或真空管，那才對味，所以，自然而然，就會有真空管的收藏與買賣了。我曾好幾次在地下室的狹窄空間裡，翻找那些真空管音響，地上、櫃上隨意置放貴重的真空管音響，見得老闆的隨性。地下室的黑膠唱片收藏頗多，我問：「如何分類呢？」他哈哈大笑說：「我不分類，看價錢就知道身價，比如說：三十、四十元，那一堆，就是普通的，隨便賣啦！」聽他言畢，我望向一籠籠的唱片，上頭一張蒙著灰塵的甄妮，好像哭喪著臉，哀怨得很。「那，比較珍貴的是什麼？」他說：「古典音樂比較貴，就要論件議價！」在這裡買黑膠或是唱片，許老闆都會教顧客如何保養。許大哥認為喜歡的東西，就是自然而然，生活的方式不需找一些堂皇的理由，這些真空管的音響讓他覺得：「和童年的記憶對味了！」也許，這種沒有理由的理由，就是台南人的生活方式吧。

Bob Dylan
DONT LOOK
明日的昨日
珍古書坊
週一~週日 全年無休
10:00AM~ 9:00PM

文星

今日世界

USHER

珍藏版老書

在書坊裡還有一寶，那就是珍藏本的文學書籍，比如《含淚的微笑》、《台灣青年》、《遠方》、《文星創刊號》、《今日世界創刊號》、《中外文學創刊號》等等，成功大學台灣文學系的呂興昌教授，在舉辦台南文學家「許丙丁特展」時，還向許老闆商借《小封神》最早的版本參展，至於那本《石室之死亡》也是來歷不簡單，因為那是當年許國賓向周夢蝶購買的。店面牆上掛著美國前衛的爵士歌手約翰・柯川（John Coltrane）的照片，這一位美國爵士薩克斯風表演者和作曲家是老闆喜愛聆聽的，〈Wish On The Moon〉是老闆喜歡的歌曲。

這間鄰近火車站的書店，由於地利之便，很多人是坐著火車，走來的。與許大哥暢談的午后，一位大學生來買黑膠唱片，他說：是林檎二手書店的老闆介紹的。然後又有一位店內常客，只收集三毛的書籍，發現了兩本三毛《哭泣的駱駝》、《雨季不再來》，如獲至寶談著三毛以及她的故事，他因收藏書而成為研究三毛的專家，離去時，身著迷彩裝的背影，有一份輕快，我彷彿看見馱書而行走的音樂，音符譜著《快樂頌》。

林檎二手書店

像葛利格的書店

與林檎書店美麗的店主人林伯齡相識時，我正迷上葛利格音樂。小品的樂章，北國的蕭邦，淡淡的憂鬱與浪漫，有一點自由的想像，馳騁在五線譜的大自然中，那是葛利格。而林檎書店的氛圍，小小的溫暖與抒情，很葛利格。

林檎二手書室在國華街的盡頭，遠離彼端小吃雜遝的世界，彷彿宣告著採菊東籬下的自性芬芳。書店主人林伯齡是在新化長大的道地台南人，生性愛靜，不是喜歡喧鬧的人，她時常一個人捧書而讀，看著、看著彷彿消失在世界彼端，閱讀，讓她樂在沒有地平線的世界。伯齡說：「我只是愛看書，讀書的時間，讓日子過得很

林檎二手書室
十二夜
僅此一天
歡慶3週年
音樂CD半價優惠
50%
PS:特價區3張100元
風潮音樂新品 除外
本日不提供試聽，請見諒

簡單，而且容易。」

An apple a day, keeps the doctor away

二手書店緣起於網路，那時她將家裡閱讀過的日文翻譯小說，整理之後在網路上出售，偶爾也分享一些自己的有趣收藏，慢慢累積了生意的能量，於是，就開了二手書店。書店名稱「林檎」其實就是「蘋果」的日文漢字。伯齡說，蘋果是很好的意象，人類的故事從亞當夏娃開始，就有蘋果，改變二十世紀的思考與資訊介面，「蘋果」電腦也是不容忽視，當然最重要的想法是小時候讀的一句英語俗諺：「An apple a day, keeps the doctor away.」「書，像蘋果，很療癒的！」伯齡笑著說。

這間二手屋是兩棟四十多年相連的老厝打通改建而成的店面。甫一進門，店門外的空心磚木頭書架一字排開清倉的舊書，兩個小黑板書寫新貨入荷的資訊，以及店家拍賣的好康情報。風鈴與可愛布娃娃的吊飾，還有綠意蜿蜒的長春藤、芭蕉盆栽，都營造出自家小書房的氛圍，親切地邀請顧客推門而入。

侍讀、萌芽的事業

書屋裡，行事溫婉細心的店主人，讓書屋裡處處都有貼心的巧思，屋牆是裸露的磚構，形成方形的趣味，抬頭有一個旋轉的吊頂燈，每根細緻弧線都夾著一張精美明信片，明信片寫滿顧客給書店主人最溫馨的祝福。空間銜接處的玄關，有一排抽屜倒掛的書架，讓書本好像隨時要傾倒而出，很有趣味。書架旁，一大串麻繩綁起來的火柴盒，行經其間，每個人都會用手去撥弄兩下，這是店內很討喜的裝飾，按讚的不少，但是，書店最夯的賣點應該是那一隻蹲在書架邊的毛毛大狗熊，很多人喜歡窩在階梯下的三角區塊，那是以榻榻米設計的舒適空間，兩旁有繪本書與童書，坐在那裡，像極了童年時躲貓貓的趣味。伯齡說：「我喜歡顧客進來隨便翻翻看看，不買書也無妨，所以，家裡的溫馨氣氛很重要。」有一隻狗熊，真的很居家。林檎二手書店的藏書袋，白底黑字的設計，一袋在手，氣質無窮，值得收藏！

享受發呆的書店

伯齡說自己是很容易發呆的人，在發呆的當下，她重溫了小時候獨自躲起來享受閱讀的生命經驗，二手書店也可說是她與旁人互動的另類形式，她說：「二手書是有經歷的，我們不會知道這一本書過去經歷過什麼，但它卻會因為你的選擇而有了溫度。」這間小書店讓書籍承載的知識無止境地傳承下去，也讓人與老屋、人與二手書、人與人的感情參與書的故事情節，書店的人情味因而一一展現。

臺南

藏書袋
NO NUKES

二手書店雖然是入手較快的書店經營模式，但是，開店之初，她也遇到三個月都沒顧客上門的窘境，但是，不服輸的堅持，讓她撐下來。最近漸漸地有了一點知名度，來的熟客也多了，但是，「賣書不會賺錢」還是顛撲不破的真理。那一天我和伯齡聊起草祭二手書店的「開卷卡」在網路上引起的論辯，周旋於顧客之間的李信賢（伯齡的先生，人稱「卡先生」），突然從人縫中露出臉來搶答一句：「我支持草祭蔡漢忠大哥！」伯齡笑著回應：「蔡大哥是我們學習的榜樣，要開二手書店之前，我有先向他取經，他是莊嚴的書店經營者。」

城南舊肆

任教於台南女中二十餘年，對於依靠在校園南端的老城牆記憶十分深刻。建立於一七八八年（清乾隆五十三年）的古牆今日僅留部分殘蹟，在慶中街與樹林街交接處，弧形圍繞守護校園似的，三級古蹟的城垣南門段殘跡是校園裡靜謐荒蕪的一隅。這段城牆長約八十多公尺，高約四公尺餘，用三合土以古法砌築，工法歷歷可辨。擔任學務主任時，我時常要巡視校園，走到校園這隅特顯荒涼，城牆緊鄰音樂班的教室，有時，看見音樂班的孩子將掃具插三豎四靠在牆頭，斜指藍天的竹帚，像張開而無言的嘴，見此光景，總覺得古蹟有淪落感。許多午后，我登臨牆頭，居高臨下俯視車行步走的樹林街與慶中街，這是古時府城的最南端，滄海桑田只剩古牆。從城牆遠眺，不遠處，目光可見之地，有一間書店以寧靜而謹嚴的身姿站立，那一間二手書店，在城之肆。

草祭老闆蔡漢忠在台南開設三家二手書店，每一家都是台南美好風景，書肆是古代民間進行圖書貿易的場所，位於慶中街的「城南舊肆」，地近學區，有臨水一方之感。獨棟的「城南舊肆」，空間規劃淨潔樸素，落地玻璃門窗，一眼窺看無疑，遠望書肆像是置放在超大型壓克力方盒中的展覽品，店內的二手書，都被用心整理過，書況極好，另外還有CD、黑膠和一些小家具。樓梯下方還有一櫃十元特價區，有時會有令人驚喜的好書特價。

勤勉力求一塊書籍流至的薈萃之地

閱書與悅書的理念，在此書店整治得十分莊嚴。入口處，有一回收的汽油桶，上書：「飲料放置，Here」，一句簡單的洗禮，在入門處已經告知：這是書的殿堂，放下，才能享受書的方圓宇宙！店內牆上這樣說道：「書，是最好朋友。」書肆裡，群書像安份守己的整齊隊伍，店長與顧客的交談音量總是很小，偶爾會跳盪一片、兩片光影，讓人想像「庭院寂寂，小鳥時來啄食」的幻象。

二樓窗外望出去，小葉欖仁的枝幹上舒展著一片綠意，綠光劃過，步履輕巧，書冊在無意中，又翻過一頁。俯瞰慶中街，午后很安詳，隔著透亮的玻璃，世界像

飲料放置

我們勤勉力求一塊書籍流至的薈萃之地

城南舊肆
Chengnan Used Books
舊書收購・到府服務
收書專線：06-2135567
機車停放區→

裝在真空管的音樂，流洩悠悠情懷。城南舊肆的粉絲頁寫著：「書店是生活中不可或缺的一道風景，讓逛書店成為一種生活的必要。」因為書店是風景，所以，在這裡排列的書籍，以及愛讀書的朋友都被照顧得很優雅，這份優雅，應該就是蔡漢忠的固執與執著吧。

回到單純寧靜的感動

二〇一三年開始，草祭挑戰了一般人逛書店的慣性，要進書店，先購「開卷卡」一百元，出示書卡才能進店。蔡漢忠想藉此成全愛書人的「悅讀」空間，讓分享回到「尊重」的前提，回歸到書本與人之間，最單純沉靜的感動。我記得推卡之前幾日，蔡漢忠在十八卯茶屋，將一張閱讀卡很慎重地送給我，當時，他沒有解釋的話語，只說：「老師，下次來草祭，請記得帶卡片。」輕輕而慎重地放在桌上的那張卡片，是他的堅持，黃樹林裡分岔兩條路，選擇人跡稀少的那條，使一切顯得多麼不同。顧客少，不是壞事，能找回敬重書本的心，才是書與人的價值。

二〇一三年秋天，台南舉辦海峽兩岸藝術家聯誼，當時中國大陸人民網的官建文先生與上海人民日報的主筆胡展奮先生請我帶他們進入草祭，走出門時，他們問

我：「草祭的門板，有根大秤，秤什麼？」我說：「在書與文化的面前，才有真正的公平正義，貧者因書而富，富者因書而貴。」台南人對於書本的敬重，讓他們因而也尊敬一間書店，這就是城市的人文底蘊。

世間沒有恆常舒坦的路，正如凡事，沒有全然對錯，草祭的「開卷卡」曾經引起爭議，但是，爭議是好的，它提供多元的思考。開卷卡之後，在城之南，城南舊肆又寧靜地開幕了，無需持卡，它的大門恆常開放，細整安置的空間與書籍分類，或是每一本書頁的擦拭，都讓人翻開書頁時，感受彷彿樹影婆娑時燦亮的美麗。

我記得林瑞明老師寫過一首詩：「安安靜靜最大聲。」我願送給蔡漢忠、與草祭、與城南舊肆，這樣的讚美。

南方有書，為愛朗讀

行遍千里時間路，短暫過夢的人生裡，許多人事來來去去，想留住的時常只是事如春夢了無痕，然而鐫刻在文字裡的情與愛，每回攬卷，都是重溫一次印記。是以，書成為此生不離不棄的陪伴。我但願，書的蘊藉力量也被看見，因此，從二〇一四年開始，南方講堂特別開設了一個教師工作坊，這個團體每個月擬定分享主題，歡迎對於教育語文有興趣的老師、家長以及朋友來參與。教師工作坊分享教師皆為志工性質，參加活動的朋友每次捐獻講座費用一百元，所有收入用來推動偏遠地區學生或弱勢團體的閱讀。

二〇一五年的寒假，一群高中學生於台南古蹟丁種宿舍書香種子的空間進行活動，由台南一中學生為喜愛書的小朋友們進行朗讀、共讀，並於活動結束後將簽名的書送給小朋友們。當日，高中生帶著幼稚園的孩子指書認字，說故事。陽光下，意猶未盡的小朋友，攤開書本在草地一行一行、一頁一頁索讀字句，童稚天真的誦讀，清音琅琅，高高低低的起落，讓台南的早晨，帶著笑意。一群志工老師共同捐出的經費，透過高中生的參與，傳遞的溫情與關愛，也讓書的芳香，飄揚久久。

莫負平生志，書中日月長

穿越時間的長廊，我仍記得幾十年前，以無比雀躍的心情負笈北上，甫進師大，抬頭仰望那巍峨校門，那時，心中百感交集，淚水竟就不聽使喚地滾下來了。能上大學讀書，是我一生最珍貴的財富，我十分珍惜老天給予的恩寵。學兄廖振富當時送給我的那本《史記》扉頁上，題著兩行文字：「莫負平生志，書中日月長」，握在手上，覺得能讀這一本書就是一生一世了。

簡單的年代裡，素手相贈的情誼，是書本裡一行一行文字的勉勵，祈願以此書本之愛，與有緣的你我共勉。

樓

回首紅樓情深

紅樓，是我的青春。高中母校台中女中有一排紅樓，那是我對於母校最深刻的記憶。紅樓下的花圃有一整排繡球花，偌大的圓球，是我第一次拿起炭筆寫生的靜物。那時鮮少研究植物，與花朵對眼不識，多年之後，紅墩墩的繡球花竟成為中女校花。台中女中紅樓面向司令台那方，植有一棵大葉欖仁，冬天落葉之前，會有一段時間，滿樹通紅，橙橘與紅豔染就的顏彩，比楓香還美。北風冷冽吹襲，大把的落葉隨風吹捲而起，緩緩掉落的身姿，好像是為堅定不動如山的紅樓，演藝一場季節的舞蹈。我喜歡在春天的時候面對升旗台，看著欖仁樹一天天萌出新芽，張吐嫩綠，最後，又長成一片巴掌大的葉子迎風搖曳。三年時光，欖仁樹依著紅樓紅了又綠、開了又謝，那是我生命最美好的青春圖版。

來府城任教的台南女中，也是讓高三學生遷徙到紅樓老建築，老紅樓注定是收拾狂飆青春的最佳終點站，我常想：那些青春的孩子，會像我的高中一樣，仰望一棵大樹與樓影的記憶，然後帶到千山萬水的未來歲月嗎？

南女的紅樓前，有一棵玉蘭花，近百年的樹身在很高的天空線開著淡米色的玉蘭花，玉蘭花開時的清晨或是夜暮，緩行走過樹下，會聞到淡香隨風滑下來，又幽幽飄散而去，那若有似無的淡香掠過，像極了閨中女子「衩襪步香階，手提金縷鞋」，芳香也是如此悄悄地提起裙裾踏襪而過。有一次上國文課，我提到那玉蘭花香，台下的少女們瞬間瞪著不可置信的眼睛問我：「它在哪裡？有玉蘭花樹嗎？」自此，我只好自我調侃：玉蘭花總是插在挽髻的鬢角，是阿桑的朋友，難怪青春的孩子不認得它。

在學務處時，我的辦公桌挨著紅樓迴廊，我時常習慣性地轉身凝視窗口發呆，身後就是玉蘭花與紅樓的剪影，綠葉與紅磚長年相映，照眼明朗，成為我熟悉的映畫，我因而喜愛古老磚砌的稜線。有一日，來了一群日本東京的老校友，巡禮母校離去前，其中兩位老學姊以雙手摩挲著紅樓的老磚牆，不捨之情溢於言表，她將額頭輕叩在紅樓的牆上，嘴裡不斷喃喃地說：「なつかしい……なつかしい……」（懷念啊……）許久之後，學姊抬起頭對我說：「我那時好年輕啊！」那一瞬間，我亦憶起執筆寫生繡球花的青春紅樓，並穿越時空看見當年的欖仁樹，不由自主地，我也落下眼淚……

想樓台多少舊事，使得我讀戲曲《桃花扇》那一段：「眼看他起朱樓，眼看他宴賓客，眼看他樓塌了」，感觸頗深。我在台南三級古蹟的紅樓任職多年，以至退休，離開學校前，再看一眼台南女中，深情留戀的還是那樓。

樓，真是道盡多少興亡事。

林百貨

洗盡鉛華的素顏相見

二〇一四年五、六月，林百貨再開幕籌劃活動期間，我時常踱步在空無一人的大樓裡。空落落的樓間，洗石晶亮的地板，小小隔線的落地窗，彷彿素顏相見的女子，淡掃蛾眉，至今我仍然覺得那時尚未整裝，而且清秀安靜的林百貨，最美。

走在林百貨，我最喜愛的是二樓那片保留舊時建材的地板。站在那裡，臨窗望去，中正路兩旁民生綠園的街景盡收眼底，那是最好的視線。黃昏的時候，屋內無燈，小小方形的窗櫺就會轉成透亮的面板，約莫三十公分見方，一格格很秀整地拼出一面逆光的牆，穿過玻璃，民生綠園與台灣文學館就是印象派的景深，濃濃淡淡

掩抑在方格中。低頭去覷這片洗石子地板，是大學問，木屑與防火材質混和在地磚中，隱約可見，那時代的工匠有了不起的技術，方方正正的拼合，繩墨準確，大小齊整，而且防火的必備常識，都確實要求了。

林百貨人稱五層樓。在當時，從台南車站經明治公園到台南運河之間的「大正町通」（現今中山路）、「末廣町通」（現今中正路）是城市裡最繁華地段，林百貨與鄰近的小出百貨（現今中正路四十七、四十九、五十一號），獨領一時銀座風騷。二次大戰結束後，林百貨陸續作為製鹽總廠、空軍單位及警察派出所等用途，幾經滄桑，最後由市政府列為古蹟，維修之後由高青企業接手，打造成以文創為主題的百貨。

阿櫃回娘家

林百貨雖然是台灣佔地最小的百貨公司，但是，它卻是最具有人文能量的百貨公司，店內的老店文創與年輕業者大手牽小手共力願成。對於台南人來說，林百貨重新開幕，最溫暖的意義是：找回許多的故事。二〇一四年六月十一日林百貨再開幕的中外記者會之前幾個月，台南企業執行長葉重利帶我去台灣歷史博物館看兩座林百貨當年的老櫃子，灰濛的倉庫裡，靜靜蹲踞兩座一九三二年的玻璃櫃，像歷盡滄桑的女子，抿著嘴無言地等待回家的日子，我蹲下身，凝視這兩座櫃子許久，決定為「她」寫下詩句。

兩個櫃子的所有人是六十七歲的李建畿先生，他的父親李錫銓與母親當年均任職林百貨，戰後，林方一家族以象徵性的一塊錢賣給李錫銓先生這兩座櫃子。李先生經營古董店，妥善保存，十年前李老先生辭世，李建畿先生主動在二〇〇九年將櫃子捐給國立台灣歷史博物館保存，林百貨再開幕，經由黃漢龍老師的牽線，促成櫃子回娘家。

聽聞我要為老櫃子寫詩，次日，熱心的李建畿先生特別在Focus百貨的辦公室簡報它的歷史，以及李老先生夫婦對於林百貨的愛。我很難忘那個下午，小小的簡報室，台南企業執行長葉重利、林百貨總經理陳慧姝、企劃曾芃茵，以及文史學者黃漢龍和我看著一張張有著故事與歷史的照片。這間小小的百貨店，曾經有多少人的夢與追尋，我們靜靜地聆聽每個細節，李先生甚至還記得當時最窮途末路的林百貨，賣起草鞋，他也談到那物質缺乏的年代，每個人只能買六根「燐寸」（火柴枝）的迫窘與艱辛情況。林百貨結束了，兵燹也褪去了，沉寂幾十年後，當年曾經攜手一起打拚的員工，一個、兩個老來相見，白髮蒼蒼，經歷生離死別，再見面時彼此擁抱、哭泣，久久不能自已。他們甚至都沒有想到，林百貨會再度開幕。李建畿先生播放的每個畫面我都看得很認真，而且感動。他很深情地說：「童年時，曾以此櫃當床睡覺，全家對櫃子充滿懷念的感情。」

為林百貨的老櫃子寫詩，我以對待家人的心情下筆。一詩寫就，我心想：面對中外記者會茲事體大，我希望母語的書寫是最慎重的，於是請求成功大學台文所的呂興昌老師給予提點。令人感動的是呂老師用放大鏡（老師的視力只有零點一）在電腦前，一字一句為我重新打字校正。改完詩稿那夜，老師寫簡訊給我：「我改舒適了，你唸看看！」打開老師的檔案，每一字一句，彷彿都在告訴我，要好好唸完這一首詩，它有著很多人默默的愛。

阿櫃回娘家

撰稿・王美霞　修訂・呂興昌

阿櫃[kūi]欲離開はやし彼一工
最後一蕊鳳凰花恬恬墜落去
彼時陣，末[būat]廣町的秋天啊
驚惶，又擱恬寂寂
𤆬[tshūa]伊離開的彼个人
伊手內一箍銀提咧
阿櫃仔恬恬無一句話
目屎親像雨水滴袂離

はやしデパート結束彼一日
Liu-liu khok-khok，大項、細項
攏嘛只值一箍銀
阿櫃仔一身空lo-lo
就[tō]開始流浪的日子

春天的花，開矣
秋天的風，吹佇茫茫的海岸
一日一日
阿櫃仔的心肝底攏咧數念過去

佇一九三二年彼時陣
阿櫃仔是店頭內水噹噹的見本櫥仔
四四正正的腹肚內
咧展覽著胭脂、水粉、番仔火枝
siat-chuh［襯衫］、ne-khú-tái［領帶］，猶擱有 tshio-khu-léh-tooh［巧克力］
斯當時，人人攏講：做人上歡喜
穿柴屐戴瓜笠去踅はやし
五層樓仔林百貨
華洋雜細真正濟
大家好耍流籠坐
府城繁華第一家

過去矣！攏過去矣
阿櫃仔離開了後
對古董店
流浪到暗摸摸的倉庫
最後乎人足感心的李建畿先生講
阿櫃仔真正是一个寶
伊的身軀頂有咱府城過去美麗的記持〔tî〕
這種婧，這種歷史
是咱祖先的驕傲
咱愛好好仔留落來珍惜伊
為著這个心
阿櫃仔來到台灣歷史博物館
恬恬仔等
伊相信一定會等著はやし擱再開門的時機

六月十一這一工

紅 phà-phà 的鳳凰花擱再開滿府城的天
好親像為著阿櫃仔穿了一軀水水的新娘衫
今仔日阿櫃仔倒轉來
伊已經毋免擱再數念囉
阿櫃回娘家
はやし比以前擱較 phāⁿ
大細項物件應有儘有
はやし比以前擱較氣派
大人囡仔男男女女鬧熱滾滾
はやし比以前擱較溫暖
因為伊貯滿府城人的願望
阿櫃回娘家
阮雙手共你牽牢牢
阿櫃回娘家
阮雙手共你攬牢牢

這一擺
阮要乎你擱再看覓
看這擺眾人認真打拚
拚出はやしデパート風華再現
創造咱府城美麗的新詩篇

阿櫃回娘家的中外記者會上，有來自海外的朋友趨前對我說：「老師，我不懂詩句的意思，但是，這樣的語調，真是很美妙的旋律啊！」〈阿櫃回娘家〉是用我們的母語寫就的一首詩。

故事仍在敘述

林百貨開幕之後，關於它的故事漸漸被敘述，這是最有意義的事。這棟樓像母親，慈愛地挺立、等待，離開的孩子就紛紛回來，為她述說流浪的故事。最近索讀資料，才知道林方一先生當年是以高於市價六倍的價錢買下這塊地，他為打造這家百貨公司勞瘁心力，林百貨開幕第五天，便英年早逝，妻子林年子堅強地撐起家業，這份女性堅毅的精神在林方一媳婦林千惠子身上也可以看見。林千惠子女士原先是推著輪椅來看林百貨流籠電梯啟用，當時她說：只要林百貨再開幕，她一定要走著進去，二〇一四年六月十四日她是一步一履走進林百貨大門的。

林百貨以說故事的身姿，讓台南人尋找線索，這些美麗線索豐富了台南的地景。有一位當年在一樓服務的陳井水阿嬤，是那時老闆娘最疼愛的員工，據說老闆娘林年子要回日本時，抱著所有權地契，等待井水阿嬤趕來，當時年幼的井水阿嬤，又奔又跑遠迢迢從鄉下趕來，跑到林百貨，來不及了！老闆娘坐船走了！沒有見到老闆娘最後一面的小小井水，在店門口放聲大哭。大時代的作弄，異國情誼的依依難捨，盡在奔流的淚水中……

去年秋天，台南女中高女時期的日籍校友，高齡八十八歲的秋山澄子（舊姓山田）、佐藤文子（舊姓土橋），在畢業七十年後遠從日本來到台灣，回母校參訪之餘，特意來到林百貨。站在二樓望向民生綠園的方向，佐藤阿嬤說，當年母親告訴她：以後要找夫婿，往前方看就好，因為對面銀行裡都是有錢人！秋山阿嬤在一高女得了第一名的成績，家人特別帶她來林百貨購買一件漂亮的和服，至今還是阿嬤的典藏，阿嬤很慷慨地說：捐給林百貨常設展。

二〇一五年元旦那天，老員工石允中重新回到當年工作場所，穿起新做的制服，擔任一日店長，他帶來自己珍藏的相簿，一一向民眾解釋照片背景，和參加民眾一起回想當年，氣氛溫馨感人，林百貨典藏許多人的甜蜜微笑啊！

林百貨開幕之時，一百八十一盞鈴蘭燈在中正路，一路點亮，盞盞的燈光，照亮了文明視野，也凝聚了閃亮的定位。八十二年走來，它正是一本故事書，書裡有「人」的情感與溫度，所以，這本書很美。「五層樓仔」重新修復，對台南人來說，它守護著無形的價值與高度，願這些美麗的故事一直傳說久遠。

延平大樓

宮古座，艱苦坐

沿著中正路走來，遇西門路右轉彎，一年多前，沉寂多時的延平大樓，開始穿新衣、戴新帽，地下樓書店鋪開了，一樓「九乘九文具」、「星巴克咖啡」也吸引了熱鬧人潮。年輕一輩的朋友用跳蹦活潑的眼光看待這一棟大樓，但是，對於老台南來說，「延平大樓」四個大字突然就被卸去，他們的心情是十分複雜的。一位百年小吃老店的大哥說，小時候經過西門路，抬頭看看「延平大樓」偌大四字的景象，已是一種親切的習慣，然後突然有一天，大樓被重新詮釋，超大型的看板重貼門面，一切都不同了，只留下大樓的身側「延平」二字的痕跡，隱約可見，乾巴巴刮痕似的，像鎖著愁眉，留給老台南述說歷史。

延平大樓舊址以前是有名的戲院：宮古座劇場，由高橋組、鶯遷閣、鶯料理的老闆共同投資，一九二八年三月二十六日落成。當時台南有幾間大劇場，分別是「戎座」（原在現今民生路一段二〇五巷內，後遷至中正路二三九號）、「南座」（在現今西門路小公園旁凱基銀行）、「新泉座」（前身為「台南座」，「台南座」火燚之後在舊址重建）、「大舞台」（現今西門路由成功路到民族路段）、「世界館」（後來的大全成戲院，現址為中正路的NET、Giordano）以及「宮古座」。

「宮古座」是一間仿歌舞伎座的建築，外觀形制與現今京都祇園練習場歌舞伎座相仿，映演松竹和日活的電影。此間劇場當時人謔稱「艱苦坐」，與台語諧音相

照片由蔡顯隆提供

近，那是因為進入劇場，要脱鞋、坐在榻榻米上觀賞，雖然當時劇場內有坐蒲團可以租借，想必那時民風勤儉，一般人捨不得花錢租借，又不習慣榻榻米上久坐，所以就稱「坐得好辛苦」啊！

宮古座的演出以日本電影為主，當時宮古座有一部電影，轟動全台，那是《女真珠王的復仇》，由日本演員前田通子演出。前田通子是日本大阪心齋橋大丸百貨的店員，被新東寶星探發掘，演出《女真珠王的復仇》一炮而紅，據説這是日本電影史上第一次全裸演出，挾著氣勢萬鈞來台演出，造成當年台南萬人空巷的盛況。此片女主角還曾被邀請來台拍片，拍片地點在阿霞飯店，電影開拍之時，天壇附近外景場地擠得人山人海，簡直比農曆初九拜天公還熱鬧。本名「山口淑子」的李香蘭亦曾在此登台，也造成大排長龍的盛況。比較可貴的是舞蹈家蔡瑞月曾在此表演，有些報導也寫到，這裡也是文協時代（台灣文化協會）新劇演出的地點。

照片由蔡顯隆提供

繁華興盛幾度秋

光復後，宮古座為中影公司所有。台灣光復後，電影業蓬勃發展，附近大菜市以前舊名叫做「電影里」，鄰近尚有南都、南台、大全成、小全成、赤崁（戎座）、國華（世界館）戲院等，電影街的繁華景象也是大市場的店家至今仍然津津樂道的盛事。一九四六年五月一日此樓改名為「延平大樓」，一九七九年成為圓典百貨商場，二、三樓販賣百貨，四、五樓為延平戲院，六樓、十一樓為飲食、點心城，十樓為KTV，其餘樓層為複合辦公室，二〇〇一年十月二十一日結束營業。熄燈號之後的大樓，每到入夜闃黑一片，附近銀樓也是早早打烊，行經此處頗有蕭條況味，直到二〇一三年李銘輝先生在地下室及一樓開設大型書店，讓舊商圈再度展現風華。政大書城開店之初，台南人觀望許久，大樓正面是海安路3D地景的設計師陳彥旭以「開卷有益」為主題設計的巨型看板，氣勢壯大。之後，大型文具店九乘九、星巴克咖啡陸續設點，書城主人李信賢兄弟以摶感情的軟身段，與台南做朋友、過生活，漸漸翻轉此樓的新氣象，未來，成為文青據點與閱讀亮點，是可以期待的。

新松金樓

同胞需團結，團結真有力

建造林百貨使得梅澤捨次郎在台南留下印記，但是當時還有一位重量級的建築師是森山松之助，他將生命最精采的歲月留在打造台南公共建築上，在台南留下的建築有台南廳舍、台南神社（在現永福國小內）、電信郵便局（現今民生路上）、台南地方法院（今府前路）、火車站廣場後藤新平銅像基座、台南州廳（現台灣文學館），還有新松金樓。

新松金樓創建於一九二七年，是由蔡麒麟、蔡麒全兄弟及友人蔡金生合資興建。蔡麒麟等人原本在保安路的巷子內開設台式料理，就是原松金樓，隨著新町區特種行業興起，三人在新町繁華地段自地自建蓋起一幢四層樓建物，取名新松金樓，完工時成為府城的地標，是當年台南許多饕家必定造訪的名樓，以高級料理聞名，蒞臨貴客雲集，為此樓寫下不可抹滅的風光史。一九二九年二月十一日，倡導台灣非武裝抗日的蔣渭水，在松金樓召開台灣工友總聯盟代表大會，此事在台灣民主歷史佔了一席之地。新松金樓的後代，早年赴日本早稻田就讀的蔡顯隆老師談起新松金樓的舊事，總是如數家珍，鉅細靡遺，尤其是蔣渭水懸掛在樓面上的那句：「同胞需團結，團結真有力！」是他一直津津樂道的口號。台灣光復後，新松金樓不減繁華興盛。蔡老師說，小時候〈東京安娜〉的歌曲響起，對面白宮特種酒家的主題曲〈上海來的一封信〉就像唱雙簧式地應和，靡靡的軟聲甜調，夜生活就在新町精采展開了。

沒有粉味的菜店仔

新町，是日據時期規劃出來的特種營業區，在特種營業集中地的新町矗立了八十年的新松金樓，標榜的是「沒有粉味的正港台菜料理」，所以，若論新松金樓的風光，拿手菜單就是最獨步府城的。

蔡顯隆是新松金樓昔日風光的最佳見證者，他說當時新松金樓的菜單首推：

「一品料理」招牌名菜，其中菜色有：支那生麵（涼麵）、餛飩、炒意麵、八寶什錦炒飯、支那中食、台灣油麵、米粉。在新松金樓的米粉湯煮法依季節變化，冬天煮烏魚子，夏天用白鯧魚，魚鮮味美，無人不愛。除此之外，新松金樓更叫座的名菜，還有開桌的「四色冷盤」，冷盤內有烏魚子、醉雞以及季節海鮮貝類。至於「五柳枝」更是傲視府城的名菜，無論是紅燒、糟溜、紅轉（煎了再調羹）、清蒸，都是一絕。在新松金樓烹煮五柳枝，配料有木耳、蔥絲、松茸、泡軟的乾魷魚絲、肉絲等等。蔡老師強調新松金樓最讓人稱道的就是材料敢用、食材道地，讓人嚐之難忘。「五柳枝」一定要用泡軟的上等金針才能壓味，松茸若用北朝鮮的極品就對了，這樣昂貴的食材烹煮，才是煮出極品五柳枝的王道。現今台南若論「五柳枝」的手藝，大概只有東門圓環，原新豐郡役所（現在是府前公有市場），魚壽司隔壁的大頭松，算是道地的台南手路，勉強可及當時新松金樓的風味。懷念當年新松金樓五柳枝老味的台南人，都會去那裡開葷，只是一項，人說：「看時準下鹹淡，看人話價錢」，大頭松的五柳枝是看時價付費的。

除了五柳枝這道名菜，新松金樓的一魚四吃，更是叫絕。它的料理方法是：一半魚肉剔來做生魚片，另一半糟溜魚片、鹹熗魚頭、味噌或薑絲魚骨湯。蔡顯隆自小得阿公疼愛，時常可以吃到這等好菜，至今他仍難忘童年時赤鯧的好滋味，至於清蒸煮魚，最好吃的就是白鯧，現今台南有名的慶平海產也是以白鯧米粉馳名，和當年新松金樓一般。

老台南的味蕾記憶

新松金樓還有一道菜肴稱為：「五目雜炊」，即現今的什錦飯湯，就是台語說的「雜菜湯」，也是很道地的台南味蕾的功夫菜。現今在林森路，長榮中學右邊巷口的「里食堂」、左邊巷內和「滿福亭」還能吃到當年道地的「五目雜炊」。而台式的飯湯一般都會以香菇、筍子等熬煮，在保安街、國華街巷口阿桂老闆娘煮的湯

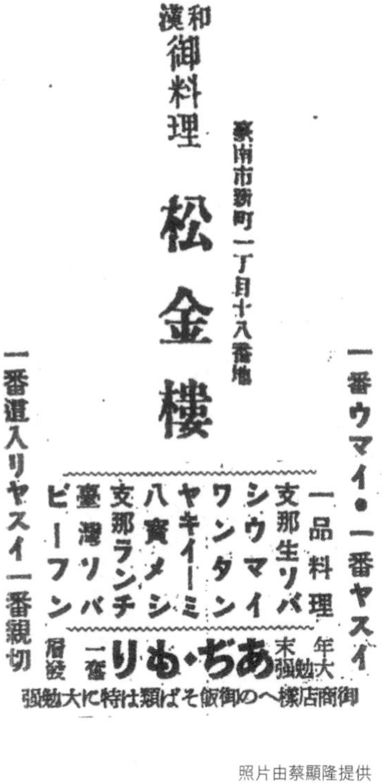

照片由蔡顯隆提供

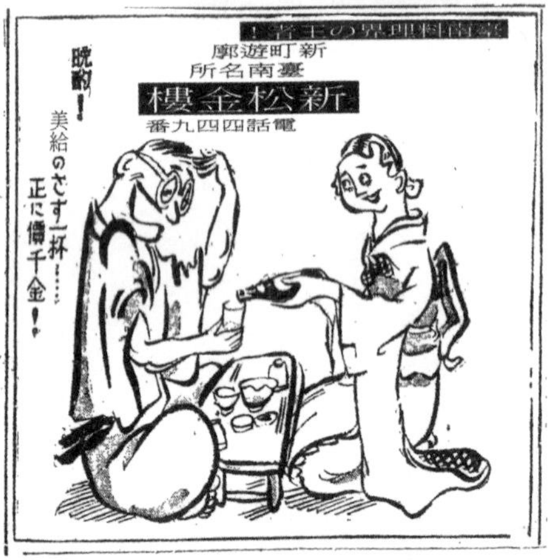

照片由蔡顯隆提供

頭，是沒有名號的店家，卻熬得美好湯頭，讓人想起新松金樓當時滋味。至於夏林路保安宮旁全生小吃店的「豬血勇仔」，他的蝦仁飯湯便宜又好吃，大概懂門道的人，都已經知門知路，食指大動了。

新松金樓的廚師，多是從福州來的師傅，人說：「福州人三把刀：菜刀、剪刀、剃頭刀」，在台南這些精通廚藝、裁縫、理髮業的福州師傅，開了許多老店，也撐起很多知名酒家菜的風光。光復後，有幾位從新松金樓出來的廚師另立門戶，口碑也真的很好，比如赤崁食堂的許六乙，就是最會炒鱔魚，後來該店也以棺材板為招牌，但是他是新松金樓的大廚，手藝沒人比。另一位員工孫土在忠義路、民生路交口開了松金食堂（現為元氣早餐店），他的兄弟孫倫則開了松金旅社（原醉仙樓酒家，現在是早稻田語文中心），都很有名。新松金樓調教了許多台南名廚，也養刁了老台南的味蕾。

繁華事散如煙塵

新松金樓因為食材好、廚藝佳，所以是許多名人宴客必去之處，蔡老師印象最深的是湯德章律師，當時湯德章先生總是穿著一件淺咖啡色的西裝，點菜的慣性一如他的為人，穩定優雅。有時，一杯淡酒下肚，湯律師也會在飯桌前搖頭晃腦唱起歌曲，甚是有趣。可是，這個樓因為美食太聞名了，也發生了一些不甚愉快的事，最有名的事件是運河殉情記。當時西町藝妓館名藝妓陳金快，以及男主角吳皆義，相攜跳下運河之前，就是在新松金樓飽食一頓。蔡教授每次談此，都說：太奢華、太極盛有時也是不祥之兆。

一九六〇年，發生震驚社會的「水鬼事件」，當時俗稱「水鬼」的海軍陸戰隊蛙人，仗勢橫行，到附近妓女戶企圖白嫖，結果被妓女戶內「圍事」的小弟圍毆，這名蛙人一路竄逃到新松金樓下，但還是被對方堵住，拳打腳踢，奄奄一息。當時蔡顯隆的父親蔡大陣聽到巨響，曾下樓出聲制止，蛙人雖倖免於難，但池魚之殃使得新松金樓陷入一場厄運，沒過多久新松金樓被勒令停業，一停就是五年。後雖經家屬一再陳情，獲准繼續營業，但時局已去，蔡家只得將整棟建築分租，知名布袋戲大王黃俊雄以及歌星西卿都曾租賃於此。漸漸地，大樓逐漸凋萎，頹圮傾戾，成為危樓，最後走入歷史，而今，只能在耆老閒談的話語中，追尋那段曾有的流金歲月。

寶美樓

那站壁的女子

新松金樓的後人蔡顯隆老師每一提及家業，就自豪地說，我家是沒有粉味的食堂。但是，從小身處於新町花紅柳綠之處，所見所聞都長見識，所以，要聽那些風花雪月的故事，蔡老師還是無人能及的高手。民國七十三年我來台南，時常聽聞家人玩笑地說：晚上無聊時，可以去小西門公園看煙花女子在寶美樓下站壁。好奇的我，也去踅了幾晚。夜晚十點，果真有一、兩個零落的身影，在寶美樓下徘徊，遠遠的距離觀之，那女子長相如何，實在不得而知。直到有一次，我放膽湊近去看，站壁的長髮女子驚詫地與我對望，粉白面龐的雙眼，有過濃的眼線，那皮膚，裂皺得連厚粉也遮掩不著，幾秒鐘的擦身而過，我彷彿看見梵谷在巴黎用炭筆畫下的那個妓女模特兒破敗垂頹的身軀，以及那張《Sorrow》的悲傷炭筆畫。

自此，每當聽到那首〈南都夜曲〉，我都有悲惻感。曾有一位很好的詩人朋友，每聽到〈南都夜曲〉都會想哭，在寶美樓清冷的夜晚，一曲「顛來倒去君送金腳鍊，玲玲瓏瓏叫醒初結緣」，真的令人有滄桑悲涼感。想起這位遠去的詩人，我心亦悲悽十分。

北有江山樓，南有寶美樓

現今所說的寶美樓，鄰近水仙宮，早期五條港貨船往來頻繁，酒家青樓招展，陳肇興〈赤崁竹枝詞〉：「水仙宮外是儂家，來往估船慣吃茶；笑指郎身是錢樹，好風吹到便開花。」主要描寫當時特種行業盛況。當時所稱粗糠崎（永樂街）一帶，及至日治之後，也是許多大型酒家與特種娛樂的聚集之地。一九一〇年後，日人將當地的酒樓、妓院（日人稱為貸座敷）遷移到「新町」（現今康樂街一帶），「新町」此後就取代了粗糠崎，成為夜台南的尋花問柳之區。這間由蕭宗琳開設的「寶美樓」算是繼承早期風華而馳名府城的酒家，當時，他在高雄和台南都開了一間「寶美樓」，小公園這一間俗稱「第二寶美樓」是最著名的一間。當時有「北有江山樓，南有寶美樓」之稱，寶美樓出過不少酒國名花，以福州料理為主的酒家名菜，也是讓人樂道。一九三三年蕭家轉租給海珍珍海產，一九七〇後，一場火災使得內部華麗隔間毀於一旦，荒廢許久之後，開了必勝客披薩店，最後成為現在的法國台北婚紗。昔日台南第一大酒家寶美樓，只能從側面的「寶美樓」刻字辨識，現今牆面仍有幾分古意，幾扇幾何圖形也切隔得十分秀緻，藝術裝飾浮雕雖褪頹許多，但隱約有其規模，尚未風化的石牆浮烙著這棟建築當年的風采。

照片由蔡顯隆提供

塵心早似禪心靜

關於寶美樓，許多人都會聯想到知名藝旦王香禪。事實上，王香禪從大稻埕來台南後，一直沒有在第二寶美樓待過。當時人稱王罔市的她，習得琴棋書畫樣樣皆精，南管、北曲、二胡無所不能。又加上作詩賦詞，早已豔名遠播大稻埕。十五歲時，她來到新町昭和樓當藝旦，十六歲在義記寶美樓，義記寶美樓在現今民生路。之後，她就到真花園擔綱成為花魁。當時風月女子分四個階級：勾欄、娼寮、席貸、貸座敷，藝旦屬於藝者，身分較高，一般來說，藝旦賣面不賣身，但是人說：「男人有錢就變壞，女人變壞就有錢。」很難說個準則。王香禪應是當中佼佼者，身價與品味自有高度，更重要的是，她與當時兩位文人連橫、羅秀惠多有唱和，詩才又好，因此留下無限想像。連橫時任《台南新報》漢文部主筆。是沈得墨秀才的獨生女沈璈的夫婿，羅秀惠是《台灣日日新報》台南支社漢文部主筆，雖然都賞識王香禪的才學，隱約亦有心儀之意，但是命運捉弄下，紅顏薄命是自古殘酷事實，王香禪後來雖嫁謝介石，頗有人前風光，但所撰詩作抑鬱。

王香禪執壺時，當時在府城「南社」的詩友們，仰慕她妙解詩詞，所以經常跑到義記寶美樓宴飲，使得風月場所平添書卷翰墨之味。王香禪晚年獨居以終，一生美麗卻蒼涼水冷。「塵心早似禪心靜，鴛夢何如鶴夢長」應是她深沉的慨嘆，我卻偏愛她這樣寫出的詩句：「花香月色暗相侵，頓覺禪機一笑吟；萬境此時何處去，回光返照本來心。」獨居時，據說她心已如止水，或許她真的有那麼一刻，如禪寫入人生，悟得「假作真時真亦假，無為有處有還無」。

寶美樓現今為婚紗店，櫥窗內日日販賣幸福白紗，許多人談起寶美樓時，常以王香禪為名而引人樂道，事實上，她粉妝賣笑的一生既未能享有此店販賣的婚紗幸福感，也從未踏臨此樓。然而，傳說可以繼續，因為故事依然因她而美麗。

鹽水八角樓

春痕秋夢風華過

日治時期台南漢文刊物《三六九小報》上談論當時府城藝旦風月事，纏小腳搖曳生姿的藝旦風情，總會引得許多遐想。閱讀昔日知名藝旦的事蹟，王香禪是一絕，但是，鹽水月津港的藝旦故事也讓我好奇。有好幾次，來明達高中演講，該校顏欣怡老師總會熱情地帶我去品嚐鹽水意麵，然後再逛八角樓。這樓是鹽水區保留最完整的木造建築，一八四五年糖郊商號「葉連成」所建，距今一百二十年，全棟由福州師傅完成，有三進二落，屋脊為宮廷式背脊，亭式屋面八角形，建築形式古樸典雅，樓有兩層樓，一樓為磚造，二樓全為木造。由於日本伏見宮貞愛親王曾駐守八角樓，目前庭院內現有「伏見宮貞愛親王御遺跡鹽水港御設營所」石碑。

當年月津港福州商船往來頻繁，葉家將糖運往內陸，又將大陸絲綢帶回來販賣，船隻來往為求行船穩實平安，時常要用福杉或是磚瓦壓艙底，因此帶回來的木材就成為建造的材料。此樓興建共費時十年，木工手作細膩，整棟建築使用十六支

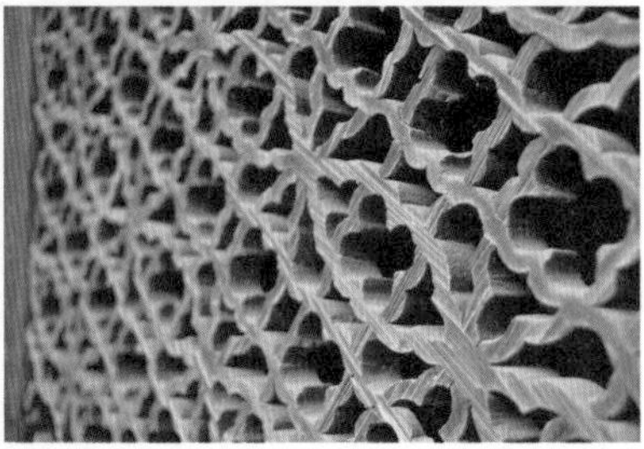

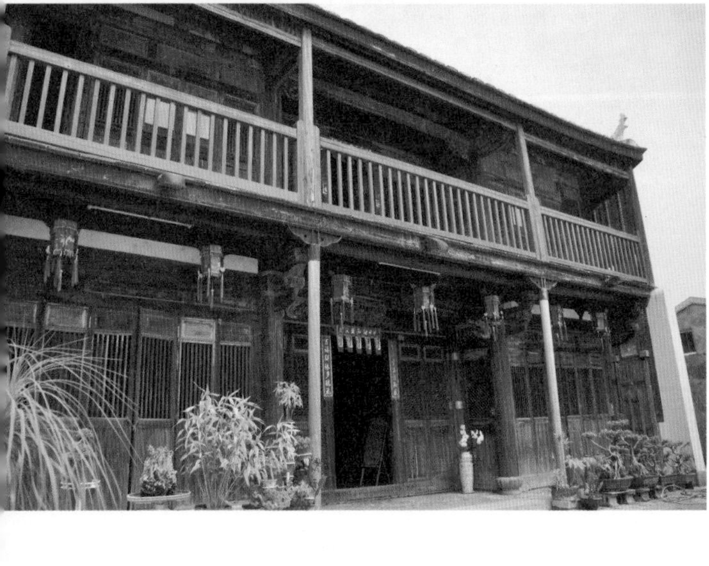

長二十四尺的福杉，直通二樓支撐，樑、楹、門、窗沒有一根鐵釘，完全以木榫接合，而且，建物的每一扇窗只要將連接的榫頭取起，就能全面打開，十分通風。這間葉家大厝是葉氏家族極盛的代表。登臨樓閣，月津港隱約可見，想像葉家當年遠眺自家貨船源源不絕地駛入鹽水港，那舳艫相連應是一時盛況。

葉家極盛在葉瑞西那一代，當時貞愛親王以此為御舍營所，之後又有憲兵隊借為營舍，葉家六十餘口被迫搬遷、分散各處，索屋困難。家大業大，大啟爾宇的葉家祖先大概沒有想到一間豪華的住宅竟成為覬覦的明顯目標。隨著鹽水港淤塞，糖業落入日人掌控，「葉連成」商號便日漸凋零，我幾度來八角樓，我都覺得這是特別冷清的樓閣。走下樓後，照例會去月津工作室走走，幾年來，工作室越來越有規模，賞閱牆上的老照片，照片裡的藝旦是很具特色的。

水上驚豔風飄過

清末時期，港埠的燈紅酒綠造就出「藝旦文化」。藝旦興起於清末同治年間到台灣光復年間，當時生活貧苦的人家，為求溫飽只好典賣親生女兒當婢女或養女，這些女子就被老鴇訓練成藝旦來賺錢。老鴇為附和文人風雅，都會讓小養女讀書、學藝，所以藝旦都能操管樂、彈琵琶、說書善歌，也熟諳應對功夫，可說是具備「聲、色、藝」的本領。藝旦色藝俱全，當時社會在交際應酬時，都會請藝旦在席間以娛嘉賓，有名藝旦的穿著打扮是引領風騷的時髦指標。

在所有藝旦中，最有名的是上海名藝旦水上飄。十多歲的她，來台灣登台演藝，據說當時的新郎黃朝琴就為之神魂顛倒，甚至有言：「看著水上飄，三工沒吃也不飫。」足證水上飄的魅力。每一回到鹽水，我都會在水上飄的黑白照片前端

照片由月津文史工作室提供

詳許久，心想：人世間的遇合真是難以參透，眼前這位幼女子，竟然可以讓日後在政壇呼風喚雨的黃朝琴拜倒石榴裙下。十三歲，對現今許多年輕人來說，還未脱童稚，但是，水上飄已輕易顛覆世界了，真讓人心生佩服。

風蝶夜宴月渡津

八角樓葉家還有一位可佩的女子，那是台灣第一位女古典詩人黃金川，她一生寫下無數詩句，感人至深。二十三歲時，倚立月津橋畔有感而發，寫了這首：「津橋無語倚斜陽，秋草牽風翠帶長，俯視清流終不盡，橋南橋北葉飛黃。」那年黃金川看到的是秋來草黃的景象，然而現今的月津港，走過沒落的漫漫長路，這幾年在文史工作者的努力下，捲簾再現風姿。鹽水人林明堃就在自家土地種滿木棉樹，在陶板上寫下八十多首台灣詩文，這條步道取名為台灣詩路，綿長詩意讓繁花再現。

知名策展人杜昭賢二〇一四年曾以盈盈水燈，點亮月津港的美麗。二〇一五年二月十四日她再以《夜宴圖》這幅知名古畫發想，讓月津港重現台南鹽水自古以來如《夜宴圖》般風雅的生活風貌。月津港燈節活動中依次呈現「聽樂」、「觀舞」、「歇息」、「清吹」、「散宴」，其中以《夜宴圖》之「清吹」主題來發想的作品

「風蝶閃瑩」最迷人，眾多蝴蝶、螢火蟲的燈光作品散佈河中，並發出輕輕的聲響，原本寂靜的水域，在燈火迷離的深處，漫漫溯回那曾經有夢的年代，任憑時光已隨波瀾遠逝，在燈火闌珊，水面提燈照影，這美麗的月津港啊，仍然是八角樓下最璀璨的星光。

衣

玲真工作室
店名　玲真工作室
地址　台南市中西區西門路二段 177 號（西門市場內）
電話　06-222-2913
負責人　楊玲真

孟娜工作室
店名　孟娜時裝工作室
地址　台南市中西區正興街 22 號 1F
電話　06-223-1989
負責人　徐苡娜

Oqliq
店名：Oqliq
地址：台南市中西區興華街 10 號
電話：06-222-6751
負責人：洪琪 / 林家豪

進興刺繡
店名　進興繡莊
地址　台南市民權路二段 111 號
電話　06-227-9243
負責人　許昭安

老人嫁妝
店名　老人嫁妝
地址　台南市鹽水區水正里中正路 7 號
電話　06-652-1720
負責人　李再興

髮

毛飛電髮店
店名　毛飛電髮店
地址　台南市中西區中正路 108 巷 2 號
電話　06-223-8038
負責人　吳富美

女人搏感情的老地方
店名　婦友美容院
地址　台南市中西區中正路 53 巷 7 號
電話　06-227-0729
負責人　吳招治

茶香飄逸的美髮院
店名　薇佛髮顏房
地址　台南市中西區西門路一段 703 巷 12 號之 2
電話　06-214-7143
負責人　謝惠青

老房子大 PK── Bing Cherry
店名　Bing Cherry Hair Salon
地址　台南市中西區西門路二段 10 號（西門圓環邊上）
電話　06-222-3608
負責人　湯容宣

老房子大 PK── 蛻變
店名　蛻變 hair design
地址　台南市中西區民權路二段 261 號
電話　06-221-7346
負責人　林獻祥

就是老朋友的美髮院
店名　老朋友髮型工作室
地址　台南市中西區大埔街 95 之 1 號
電話　06-213-4573
負責人　楊惠珍

茶

十八卯茶屋

店名　十八卯茶屋
地址　台南市中西區民權路二段 30 號
電話　06-221-1218
負責人　葉東泰

藝境茶莊

店名　台南藝境茶莊
地址　台南市東區東平路 50 號
電話　06-200-5757
負責人　曾志成

逸茗軒

店名　逸茗軒
網址　台南市南區文南路 77 號
電話　06-261-5737
負責人　盧敏華

寬韵　茶・藝文館

店名　寬韵　茶・藝文館
地址　台南市安平區安平路 350 之 2 號
電話　06-258-7151
負責人　江昭慧

集秀

店名　集秀 ART
地址　台南市東區慶東街 113 號
電話　0975-290-381
負責人　陳麗珍

木

永川大轎

店名　永川大轎
地址　台南市神農街 49 號
電話　06-222-4996
負責人　王永川

老神堂

店名　老神堂
地址　台南市民權路二段 113 號
電話　06-225-0021
負責人　王仕吉

阿水動手 mizu.houying

店名　阿水動手 mizu.houying
網址　https://www.facebook.com/the.Mizu
電話　06-236-3901
負責人　李俊聲

木府 Keefü Wood Studio

店名　木府 Keefü wood studio
地址　台南市北區開元路 148 巷 22 號
電話　0939-310-054
負責人　黃銘德

木子到森 MoziDozen

店名　木子到森 MoziDozen
地址　台南市府前路一段 122 巷 81 號
電話　0918-878-080
負責人　李易達

慢慢鳩生活木作

店名　慢慢鳩生活木作
地址　台南市中西區神農街 76 號
電話　06-221-5795
負責人　劉烽

黑蝸牛

店名　松大蛋品
網址　https://www.facebook.com/KunBao.ranch
電話　0938-257-029
負責人　林育正

書

金萬字

店名　金萬字書店
地址　台南市中西區忠義路二段 6 號
電話　06-225-0191
負責人　李俊嶢

東門舊書冊

店名　府城舊冊店
地址　台南市東區東門路一段 342 號
電話　06-276-3093
負責人　潘景新

珍古書坊

店名　珍古書坊
地址　台南市東區前鋒路 180 號
電話　06-235-7779
負責人　許國賓

林檎二手書店

店名　林檎二手書店
地址　台南市南區國華街一段 24 號
電話　0988-732-833
負責人　林伯齡

城南舊肆

店名　城南舊肆
地址　台南市中西區慶中街 68 號
電話　06-213-5567
負責人　蔡漢忠

南方六帖
王美霞的裡台南生命書寫

作者　王美霞
責任編輯　林秀梅
國際版權　吳玲緯
行銷　陳麗雯　蘇莞婷
業務　李再星　陳玫潾　陳美燕　杻幸君
副總編輯　林秀梅
副總經理　陳瀅如
編輯總監　劉麗真
總 經 理　陳逸瑛
發 行 人　凃玉雲
出版　麥田出版
台北市 104 民生東路二段 141 號 5 樓
電話：(886) 2-2500-7696
傳真：(886)2-2500-1966、2500-1967
發行　英屬蓋曼群島商家庭傳媒股份有限公司城邦分公司
台北市民生東路二段 141 號 2 樓
客服服務專線：(886)2-2500-7718、2500-7719
24 小時傳真服務：(886)2-2500-1990、2500-1991
服務時間 週一至週五 09:30-12:00、13:30-17:00
郵撥帳號 19863813　戶名：書虫股份有限公司
讀者服務信箱 E-mail：service@readingclub.com.tw
麥田部落格 http://www.ryefield.com.tw
香港發行所　城邦（香港）出版集團有限公司
香港灣仔駱克道 193 號東超商業中心 1 樓
電話：(852) 2508-6231　傳真：(852) 2578-9337
E-mail：hkcite@biznetvigator.com
馬新發行所　城邦（馬新）出版集團【Cite(M)Sdn. Bhd】
41, Jalan Radin Anum, Bandar Baru Sri Petaling,
57000 Kuala Lumpur, Malaysia.
電話：(603) 9057-8822　傳真：(603) 9057-6622
E-mail:cite@cite.com.my
設計　陳采瑩
攝影　劉登和　林滿新

2015 年 4 月 1 日　初版一刷
2017 年 10 月 23 日　初版三刷
定價 350 元
ISBN 978-986-344-222-6

南方六帖：王美霞的裡台南生命書寫 / 王美霞著. -- 初版. -- 台北市：麥田出版：家庭傳媒城邦分公司發行, 2015.04
面；　公分. --（王美霞作品；1）
ISBN 978-986-344-222-6（平裝）

863.55　　104003455